老婦人マリアンヌ鈴木の部屋

荻野アンナ

朝日新聞出版

老婦人マリアンヌ鈴木の部屋　目次

装画　しりあがり寿
装幀　田中久子

老婦人マリアンヌ鈴木の部屋

第一話　老婦人マリアンヌ鈴木の部屋

1　モエの部屋

クリコが帰ってきた時、モエは金塊を眺めていた。正確には写真だが、本物の金と同じ効果をもたらす、とその雑誌にはあった。

「叔母ちゃん、またそんなの読んで」

「金運のないあんたに言われたくない」

金塊の写真に反応できない人間は、運を呼び込めない。繰り返し眺めているうちに、自分が所有者の気分になってくればしめたもの。その心境で宝くじを買って当たった例がある。

「金塊を眺めてたら金塊が手に入るわけね？　じゃあ、デヴィッド・ボウイを毎日眺めてたら、デヴィッド・ボウイ並みのイケメンが手に入ると？」

「私は若い頃のロッド・スチュワートがいいんだけど。あんた今日は帰りが早いのね」

「ディナーのお客がいなかったから、帰されちゃった」

「予習の時間ができたじゃないの」

暗に自分の四畳半へ戻れ、と言っている。大学院生とは、週に四回のバイト以外は部屋でスマホ片手にゴロゴロしている結構なご身分、と姪を見ていると思う。姪からの家賃が途絶えたら即、困窮する現在の自分こそ問題なのだが。

2　再びモエの部屋

八畳の和室は、壁側にマットが敷いてあるのが万年床と化している。後はちゃぶ台がひとつ。これに肘をついてモエはテレビを眺める。発泡酒は夫が出て行ってから口飲みするようになった。コンビニの枝豆は塩分が強いが、気にしないと決めた。

ちゃぶ台の周囲には、複数の本の柱。紐をかけて古本屋に売り払ってしまいたい、とモエは思い続けているが、所有者は元夫である。引っ越しの際、彼がケチって二トンショートのトラックしか呼ばなかったために積み残した。

夫は、家財道具は冷蔵庫、洗濯機、32インチ薄型テレビまで根こそぎにした。「君はまた買えるから」という理屈だが、後になって相手の女が身一つで実家を出ると分かった。

井土ケ谷や黄金町のリサイクルショップを廻って、すぐに代わりは見つかった。

問題は本なのだが、送りつけようにも元夫の新住所を知らない。彼のほうは「資料が」と呟《つぶや》きながら、ふらりとこの部屋を訪れる。たいていは夕食時で、本を漁った後は、クリコとモエが向き合う食卓を眺めている。

「いいかな?」

「誰かさんが待ってるでしょうに」

「ユカは今日、夜勤」

会話の合間に食器棚から茶碗と箸を出して勝手に座る。

「家族みたいだね」

モエと彼に子供がいればクリコの年齢かもしれない。半分ほろりとしかかるモエは詰めが甘い。夫は新人賞の候補に上がったとたん仕事を辞めた。アルバイトで自分の食費は賄ったものの、モエにはフルタイムで働く以外の選択肢はなく、子供を諦めた。「君に養ってもらった覚えはない」というのが夫の捨て科白《ぜりふ》で、言われて初めて、モエは自分の甲斐性が彼を傷つけていたと知った。皮肉なもので、それから程なくモエは会社を辞めた。

3　クリコの部屋

四畳半の洋室は、脚付マットレスと小型のテーブルで足の踏み場がない。郊外の量販店で求めたマットレスは、組み立ててみると、脚の長さが不均一だった。寝返りひとつでグラついて、自分の部屋なのに落ち着かなかった。

クリコのアルバイト先も、マットレスの脚と同じで不安定だった。武蔵小杉の「クルジェット」は、壁にエッフェル塔が描いてあり、夜はピアノの生演奏がある。お忍びで来た演歌歌手がピアノに合わせて歌った日がこの店の頂点だった。

シェフは日本人だが、「フランス語じゃねぇとやる気がしねぇ」とのことで、アルバイトはフランス文学科の学生を選んだ。

「デクラメ・シェフ、オンシット、ラ・ス、ドゥ・ムニュ・ベー・メイン、シルブプレ」

これがフランス語なら自分が大学で習っている言語は何なのか、とクリコは皿を洗いながら考える。考えながら洗うせいか、よく皿を割った。リチャードジノリを一枚割ると時給が飛ぶ。普通の皿は四枚が時給相当だった。

厨房にはバイトの名前を書いた紙が貼ってあり、割った皿の枚数を「正」の字で表す。その字が汚い、とシェフに叱られるたび、クリコは「こんな店辞めてやる」と思うのだが、奨学金という名の日本学生支援機構への借金もあり、現実を受け入れざるを得ない。

4　モエの憂鬱

金塊の写真は、クリコのせいで有り難みが半減した。雑誌の付録についている「七福神カード」を切り取って、枕の下に入れてみた。今晩こそ良質な睡眠をとらねばならない。目を閉じると、あの夜の情景が浮かんでくる。会社の歓送迎会は「つるの屋」と決まっていた。

「とりあえずビールでいいかな」

「佐久間さんは飲めないから烏龍茶ね」

「サラダきましたよ。お皿たりる？」

「部長、たまねぎお嫌いでしたっけ」

「相変わらず気がきくね」

気がきかなくて悪かったな、とモエは酎ハイをあおった。座敷の柱に落書きされていた「参上」の文字が右肩上がりなのを睨みながら飲む酎ハイはすぐ空になった。

「何、怖い顔して」

君に養ってもらった覚えはない、と聞こえた。部長の声と夫の声は似ている。嫌な汗が噴き出してきた。

「どうしちゃったの？」

まだ何か言いたそうな部長の袖を佐久間が引っ張った。佐久間の声は届かなかったが、唇は「りこん」と読めた。「こうねんき」かもしれない。

次の瞬間、目の前が暗くなった。部屋の静寂で我に返った。モエのグラスの中身を浴びた部長の頭は、薄い頭頂部がカッパに見える。噴き出してしまってから、血の気が引いた。

モエの狼藉《ろうぜき》を許した部長は男を上げた。平和な日常が戻り、しばらく経ってから辞令が下りた。仙台支部への転勤といえば聞こえはいいが、倉庫管理部は実質的なクビだった。仙台で退職まで飼い殺しにされるのも悪くはない。しかし八十歳で一人暮らしの母親が脳裏をよぎるなり選択肢は消えた。地方に嫁いだ姉に母を託すことはできない。そして母はモエが会社を辞めたことをまだ知らない。知られる前に生活を整えねばならない。そのための明日だ。枕の下には七福神がいる。七福神とは？　布袋《ほてい》、大黒、毘沙門《びしゃもん》……思い出す努力の中で意識が落ちた。

5　出会い

数日前の朝にさかのぼる。

モエは浜松町への通勤のために五時半起床の習慣がついている。クビになってからしばらくは、いったん起きてからの二度寝が楽しみだった。やがて、毎日が日曜日で嬉しいのは夏休みの子供だけ、と分かる。

履歴書を送るのにも疲れると、通信教育で取れそうな資格を物色した。

ベジタブル&フルーツアドバイザーとメンタル心理カウンセラーの間で悩んで、結局、「介護職員初任者研修」すなわち旧ホームヘルパー2級を選んだのは、「格安最短」に惹かれたのと、近い将来直面せねばならない母の介護を見越してのことだった。

送られてくる教材を蛍光ペンで塗り分けるのは学生時代に戻ったようで、受け身の楽しみがあった。実習が始まると、これまた学生時代にかじった合気道が役に立った。寝た半身を起こすのに腕だけ使えば相手も苦しく、自分も腰にくる。そこで自分の全身をテコにして相手の重みを分散する。受けた力を流す練習の感覚が蘇ってきた。

講師に「筋がいい」と褒められたぶん、モエは同期の中で孤立した。彼女と同年代か年上が多く、数人集まると空気が淀む。それぞれの事情を背後霊のように背負っているのを、敢えて無視した。

結局三カ月かかり、格安でも最短でもなかったが、資格と名のつくものは運転免許以来で、それなりの達成感はあった。前向きになりかけた気持ちを後押ししようと、その日はラジオ体操に参加するつもりになった。

朝六時半、港の見える丘公園、と聞き込んでいた。モエが住んでいる千代崎町《ちよざき》からは、歩ける距離だが普段は足が向かない。餃子の旨い中華料理屋もある気のおけない住宅地は、坂を登るにつれ空が広く緑が増えていく。監視カメラ付きの豪邸や、要塞のようなマンションに、インターナショナルスクールや領事館が混じっている。

公園の入り口から薔薇《ばら》園にかけて人が散らばっていた。ざわめきが途切れると音楽が始まった。小学生の記憶を頼りに体を動かし、あまりのぎこちなさに呆れる間も無く終わった。

人の輪がほどけていくのを尻目に、朝日の染みた木のベンチに腰を下ろした。

「よろしいかしら?」

答えを待たずにその人は隣に座った。ショッキングピンクのTシャツは、先ほどから視野に入っていた。

「初めていらしたのね?」

それからは質問攻めだが、モエは困惑しながらも不快な感じはなかった。なぜ初対面の人間にヘルパー2級の話までしたのか、首をひねっている間にその人は消えた。

翌日もモエの足はラジオ体操に向かった。三日目にショッキングピンクのTシャツの人から名刺をもらった。「トチ中野」の肩書は「スマイル光」取締役で、横に「幸せ認定アドバイザー」とある。モエの眉間に皺《しわ》が寄った。

「家政婦やホームヘルパーの派遣をやっているんですの。あなた様とはひと目でご縁があるとわかりました」

縁は、失業以来モエがその欠落に悩んでいるものだ。

「うちの面接、受けてみます？」

絶妙なタイミングで尋ねられ、モエは頷《うなず》いてしまった。

6　トチの部屋

モエはその翌日、トチ中野の名刺を手に早朝の山手地区を歩いた。山手から本牧《ほんもく》への緩やかな坂の途中にその家はあった。赤瓦の屋根と白い壁は、南仏風なのかギリシア風なのかモエには分からない。

玄関のアーチをくぐり、迎え入れられた応接間の壁も白い。大理石のテーブルに黄色い薔薇、その横にデスクトップ型のパソコン。トチ本人がフリルのついた白いエプロンで麦茶のようなものを卓上に置いた。ひと口含むと、微《かす》かな酸味と苦味があり、とろみが舌に残った。

「特製の健康茶ですの」

アロエは自家製。茯苓《ぶくりょう》とセンブリは中華街の特別な店で入手、と説明を受けている間になんとか飲み下した。

「明日からお願いしますね」

山手に住む九十歳の女性のところに入ってもらう。「ちょっと癖のある人」だがモエとの相性は良い、とトチは根拠もなく断言した。

「私の勘は外れたことがないの」

その時、玄関のチャイムが鳴った。上目遣いの小柄な女性は、招じ入れられるとモエの隣に座った。「工藤さん」は問題の女性の夜間を担当している。朝の八時三十分にモエが到着し、申し送りを済ませ、九時から勤務する。

というわけで、いよいよ当日の八時が近づきつつある。

7　マリアンヌ鈴木の部屋

モエは部屋に入ったとたん、息を呑んだ。八畳ほどの洋間の壁が青い。天井画というのだろうか。壁より一段明るい青の中に雲が浮かび、キューピッドが二体、遊んでいる。

美術館の一室のような造りに、介護ベッドは悪目立ちしていた。酸素吸入のカニューレを付けて、枕の中で小さな顔が萎《しな》びた百合の花のようだった。瞳は灰色に近い菫色《すみれいろ》である。

工藤さんはモエの紹介を済ませるなり退出した。教えられた通りに、モエは「マダム」と呼びかけた。老婆は軽く頷いて見せた。

「素晴らしいお部屋ですね」

「わたくしはヘルパーさんが嫌い。あなたは立っている。わたくしは寝ている。それだけで力関係が決まってしまう。あなたが新しい人ね。入れ替わり立ち替わり、区別がつかない。わたくしの部屋は、今では交差点のある大通りのようなものになってしまいました。それでいて一人ぼっち」

「マダムを一人ぼっちにはしませんよ」

相手はモエの知らない言語で答えたが、「メルシー」という単語だけは聞き取れた。突然フランス語を話し出すことがあるが、とりあえず分かったふりをしろ、と聞いている。曖昧な笑顔で応えておいた。

「ご利用者様」の名前は「マリアンヌ鈴木」という。母方がフランス人で、戦争中は苦労をしたらしい。鈴木氏が亡くなってから、若干認知症の傾向が見られるようになった。娘のエリは市内で一人暮らしをしている。

「ピピ」とマダムが呟いた。すぐに「お小水」と言い直した。この初仕事で、息が合うかどうか試される。介護ベッドの背を上げると、利用者はベッドに直角に座る。次に立ち上がろうとするのを、両腕で抱きかかえるのだが、用心のため、左手はパジャマのゴムを摑《つか》んでおく。今度は左腕で相手の体重を支え、迅速にパジャマと下着を下ろし、再び抱きかかえ、傍らのポータブルトイレに腰を落とす。

初対面の人間の前で排泄する緊張感が、尿の出を悪くする。ひとしきり待ってから、ちょろちょろと心細い音がした。木製の椅子型ポータブルトイレは、肘掛け部分にペーパーホルダーが付いている。

「失礼いたします」

局部を拭う時は自然と声が出る。本人をベッドに戻し、尿の量と状態を確認してから水洗トイレに流す。引き継ぎ帳に記入する。午前中は三回だった。昼は柔らかいパンを使ったピザトーストにフルーツを付けた。食後の薬には吸い飲みを用いるが、嚥下《えんげ》に若干の困難が見られる。

喘息《ぜんそく》のマダムにはネブライザーを使用する。日中は十一時半と十六時の二回である。ネブライザーキットに薬剤をセットし、ホースを本体とつなぎ、キットを患者に持たせ、吸入マスクに向かって口を開けてもらう。薬剤の霧がなくなるまでの十分は、患者にとっては不快なひとときだ。不快というなら、酸素吸入自体がそれで、トランク大の機械から伸びたチューブの長さしか病人の動ける範囲がない。顔を横切るカニューレを両耳に掛けている状態そのものが煩わしい。モエの目を盗んで、カニューレを外すことをマダムは繰り返した。

「こんなもの。酸素が出ているわけがない」

決然と言い放ったマダムの前にモエは水の入ったコップを置いた。カニューレを浸けると、ぶくぶくと勢い良く泡が立った。無言のままカニューレを拭い、マダムに渡した。さすがに黙って鼻にあてがった。

8　再びトチの部屋

私の勘は正しかったと、トチはモエに最上の笑顔を見せた。カニューレの一件を夜勤の工藤さんに話したのが伝わっていた。

マダムのカニューレ嫌いは有名で、「こんなもの」と外してゴネるのが日課になっている。大抵のヘルパーは困惑し、娘のエリに連絡を入れる。エリは同僚の冷たい視線を浴び、職場を抜けることが度重なっていた。できるなら些事はヘルパーのレベルで解決してほしいと、彼女から遠慮がちのクレームが入っていた。

トチの健康茶はやはり飲めたものではないが、彼女の笑顔には胸に沁みるものがあった。時給千三百円。相場より少し安いと分かるのは後のことで、これで貯金を切り崩さずに当面の暮らしが成り立つ、と素直に喜んだ。モエは安心感から、聞いてみるつもりになった。

「幸せ認定アドバイザーって何ですか？」

「少人数制で講座をやっているの。ありのままの自分が幸せになってもいい、と気づかせてあげるためのセミナーよ」

具体的にはプラス思考になるためのお話会と、アロマ瞑想と、冷えとり体操と、フラワーアレンジメント。

その日のテーブルには、深紅のチューリップの周りをカラーで囲んだ生花が載っていた。

「日の丸をイメージしたの。眺めながら、太陽のように輝く私、と自分に言い聞かせるの」

その時、玄関で音がした。足音が近づいてきてドアが開いた。痩せて背の高い中年の白人男性だった。デヴィッド・ボウイを馬面にした感じ。ほとんどハンサムといっても良い、とモエは思った。男に気を取られていたモエは、トチの表情が一瞬曇ったのを見逃していた。すぐに気を取り直したトチは、男を「ダーリン」と紹介した。ダーリンのリチャードは、作り笑いを残して消えた。しばらくして、廊下でキャリーケースを引く音がし、玄関のドアが閉まった。

「素敵な旦那さまですね」

「十九歳年下なの」

モエが驚きの声を上げた。

「私、こう見えて、還暦なの」

「素晴らしいですね」

モエは思わず残りの健康茶を一気に飲み干した。

9 モエとクリコ

その夜、モエは元町のユニオンで半額の惣菜とスパークリングワインを奮発し、ポンパドウルのバゲットを切る手間だけかけて、クリコと食卓を囲んだ。

モエはトチ中野との経緯《いきさつ》から始めて、デヴィッド・ボウイもどきまで話し、「金塊写真のおかげかも」と付け加えた。

クリコはトチ中野という名前に反応した。食べかけのラタトゥイユに箸を置いたままスマホをいじっている。

「食べるなら食べる。だらしないわよ」

「この人のブログ、読者数、多いね」

コメント欄には「トチ中野先生の太陽系で私は火星になりたい」「トチさんハピネスの男前！」「今日も幸せがあふれてラッキーの泉がみなさんまで届きますように」といった絶賛の針が振り切れてショートを起こしたような書き込みが続く。

首を傾《かし》げたクリコは、検索を続け、「トチ中野　アンチ」を発見した。「トチばばあ、トチ狂ってる」「服が変。黄色と赤はラーメン屋でしょうに」「幸せ認定で5万円とか、払うやつ頭おかしい」と罵倒の嵐で、中に「リチャード別居。ざまぁ」とあるのをクリコは見逃さなかった。

「叔母ちゃん、デヴィッド・ボウイ、実質フリーみたいよ」

「他人のことを、そんなふうに言うもんじゃないわよ」

口とは裏腹に、モエの目が光った。

10　マリアンヌの部屋

モエはマダムと馴染むにしたがって、部屋の細部にまで目が届くようになった。一番目立つのは書棚で、革装に金文字の外国の書物が詰まっている。隣の飾り戸棚には昔の写真と貝殻と、頭蓋骨がひとつ。眼窩《がんか》を銀で塞いであるが、偽物にしても目を背けたくなる。

介護ベッドから手が届く位置に置かれた三角形のテーブルには、アメシストの葡萄《ぶどう》と青い瑪瑙《めのう》の板。大理石に血が滴ったと見えるのは龍血石。

マダムは肝臓の形をしたこの石がお気に入りで、手のひらに収まる大きさが心地よいらしい。

「もうこんな楽しみしかないのよね」

本が読めない程度に白内障が進んでいる。歯は根を残して欠けてしまった。テレビは時代劇チャンネルに合わせたまま、つけっぱなしにすることが多い。昔の水戸黄門は良かった、と呟いた次の瞬間に、突然フランス語が口を衝いて出る。

「私にフランス語ができたら良かったのに」とモエ。

「うちに来る人は皆、同じことを言うのね」

フランス文学の修士課程に進んだ姪のことを話した。

「ぜひ一度お目にかかりたいわ」

その日の昼はフレンチトーストにした。普段は半分近く残すところを完食した。あのクリコでも案外、何かの役に立つかもしれない。

11　マリアンヌとクリコ（原文はフランス語）

「マダム、ごきげんよう。私、クリコと申します。叔母がお世話になっております」

「いい発音ですよ。綺麗なフランス語です」

「ありがとうございます。マダム、お前はフランスで生まれたか？」

「パリの14区。お分かりになる？」

「モンスーリ公園がいらっしゃいますね。私、一回、行ったことだ」

「国際大学都市はご存知？」

「ある、知ってる」

「私の父がフランス文学の教授で、留学中は日本館におりました。母との出会いについては多くを語ってはくれませんでしたが、お互いの両親に反対されつつ、駆け落ちのようにして一緒になりました」

「おお、大した恋愛！」

「モンスーリ公園の隣が大学病院ですの。そこで生まれました」

「兄弟は何人ですか？」

「一人娘ですの。私の娘も一人っ子。寂しいわね」

「おいくつですか？」

「九十歳になりました。もう生きてパリは見られないでしょうね」

「あるある、ない。だめです」

「いい子ね。言いたいことは分かりますよ。ところであなたのご専門は何？」

「マルグリット・デュラス」

「どんなご研究？」

「うー、少女、愛人、植民地、あー、母親、性愛、葛藤……」

マリアンヌの微かな寝息で会話の幕は閉じた。

12　トチの部屋

呼び出されたモエには、意外な話が待ち受けていた。話し相手として、クリコに定期的にマダムのところに通ってもらいたい。

「時給千三百円でいかがかしら？」

「そんな」

「お安いと？」

「そんなことは」

フランス語の勉強をさせてもらって、お金まで頂戴したら人間がますますダメになる。言いかけたが、クリコの収入が増えれば楽になるのは自分、と思い直した。

「その代わり、マダムがしゃべり飽きるまでお付き合い願いますよ」

その先を言いかけて呑み込んだのは、今度はトチの方だった。高校でフランス語をやった、というリチャードをマダムのもとに送り込んだところ、三十分と持たなかったのである。話が芸術や文学に及ぶと、彼は「モナリザ、トレビアン」以外に言うことを持たなかった。おまけにモナリザを意味するフランス語は「ジョコンド」で、実質「トレビアン」以外は何も通じなかった。

13　マリアンヌとクリコ（原文はフランス語）

「マダムのお部屋はなぜ青いのですか？」

「あなたならきっとご存じよね。フランスの十七世紀はサロン文化の時代でした。なかでも有名なのが……」

「スタール夫人ですね」

「スタール夫人は十九世紀です。今お話ししているのはランブイエ侯爵夫人、カトリーヌ・ド・ヴィヴォンヌのことです。パリに彼女が構えていた館は、改築の際夫人自らが設計したと言われています。寝室が青、というのは、赤と金を用いていた時代には斬新でした。そこでカトリーヌは雅びな客人を迎えたのです」

「マダムも青の部屋で、出会いだね」

「わたくしが出会うのはヘルパーさんだけですが」

「車椅子、散歩、するか？」

クリコは携帯で別室のモエを呼び出した。モエの顔には「また余計なことを」と書いてある。マダムはその小顔からは想像できない骨太である。介護ベッドに座った彼女はモエに抱きつく格好をする。「アン・ドゥ・トロワ」で持ち上げた体を、半分回転させて車椅子に降ろす。フットレストに左右の足を乗せて、ようやく整う。クリコは傍観している。

「あんたも少し手伝ったら？」

「介護の免許持ってない人間が手を出したら、責任を取れないいんだよ」

そんなやりとりもマダムには楽しいらしく、口元が綻んでいる。

実質マダムに相槌を打つだけのクリコは、青の部屋から戻ると目が落ちくぼんでいた。フランス語に飢えていたマダムは、若い餌食を喰らい尽くす勢いで「しゃべり倒す」のだとクリコはため息をついた。

「勉強させてもらって、お金貰って、いいご身分だね」

言い返す気力もないほど、クリコはマダムに若さを吸い取られていた。

14　エリの憂鬱

そういえばエリは昨夜も、夜勤の工藤さんに呼び出されたのだった。ちょうどスーパー銭湯で、服を脱いでこれから入浴、というタイミングで携帯が鳴った。

「マダムのベッドが上がらないんです」

母の介護ベッドは高さの調節ができる。トイレのためには低くして両足が床につくようにする。戻ってきて再び横になったところで高さを戻す。

低い位置から上がらなくなった、と工藤さんは訴える。体験上、いったん一番低くしてから上げると上手くいく。そう告げたのだが、工藤さんは「上がらないんです」を繰り返す。

エリはため息をつく。脱いだ服をもう一度着て、夜の市バスに乗る。石段を上がると実家で、母の部屋の壁の青がよそよそしかった。ベッドは予想通りに上がった。工藤さんは嬉しそうにしている。

工藤さんは面倒だが貴重な人材ではある。母が嫌わない数少ないヘルパーの一人だった。大抵の場合、エリは母に「あの人、嫌い」と言われる。そのたびに、辞めてもらう理由が見つかるまでの観察を始める。

田中さんは工藤さんよりも小柄で、七十代半ばと見えたが気骨のある人だった。夫は一代で会社を興したが急死。彼女は小料理屋を始めて「モテた」。しかし将来を考え、当時のヘルパー2級を取り、この仕事に入った。孫は四人で、息子は職を転々としている。現在の彼氏は夫と違って優しい人だが、これまた夫と違って甲斐性がない。

田中さんが夜勤明けの朝は、実家の前の道路に怪しい人影が佇《たたず》んでいる。彼氏が迎えに来たのだ。六十代は田中さんにとっては年下だが、顔はぬらりひょん、禿げ頭には産毛がポワポワしている。手に手をとって朝日の中を帰って行く。

田中さんには職業上の良心があった。エリの実家の台所には、買い物用の現金と出納帳が置いてある。一円でも安く、と四・一キロの洗剤の大箱を買ってくる。青い部屋以外が乱雑の極みであることに胸を痛め、「整理」と称してしょっちゅう物の置き場所を変える。

自慢の手料理は、マダムの口には合わなかった。

「あの人は、小鳥のようにベッドに止まって、私の残した物を『美味しい、美味しい』と啄《ついば》むのよ」

ほどなくマダムお得意の「あの人、嫌い」が出た。田中さんにこれといって落ち度はなかったが、ついにその日は来た。田中さんはマダムのパジャマの上をはだけて「清拭《せいしき》」に余念がなかった。拭った顔の、カニューレをうっかり外したままにした。見つけたエリは即、「スマイル光」に解雇の電話を入れた。

マダムより先に、他のヘルパーたちの苦情が耳に入ったこともある。前田さんはよろず手際がよかった。レンジのチンだけで作るカボチャの煮物は美味だった。夫を亡くし、朝の五時に犬を散歩させるのが今の楽しみだ。

「花泥棒しちゃった」

散歩で手折ったヤグルマソウで台所を明るくしてくれた。

前田さんが担当の時は、出納帳をチェックするように。前田さん以外のヘルパー全員に言われた。自分のためのポテトサラダや煎餅やハンバーグ弁当をこちらのお金で賄っている。

「だってマダム、お煎餅を召し上がれないじゃないですか。おかしいですよ」

頷きつつエリは、家庭の愚痴を聞かされる夫はこんな気分なのかと思う。そして毎月、軽自動車一台分くらいの金額に羽が生えて飛んでいく。母は老人ホームを断固拒否し、自分の家に固執している。そうするに相応《ふさわ》しい財力も、今のところはある。母の口座には、父方の田畠を売った、まとまった金額が入っている。それが潰えた後のことを、エリは考えないようにしている。

担当のケアマネージャーは、介護保険と自費の部分をモザイク状に組み合わせてくれた。朝夕の介護保険で昼の自費を挟む。夜もまた自費である。病院への送迎は介護保険が適用できるが、院内は自費になる。保険と自費でヘルパーを分けるのが本来だが、一日に数人を次々と入れ替えるのは現実的ではなかった。

母親を抱え、定年が近く、明日の見えないエリを癒す唯一のイメージがある。白い壁、原色の花、大理石のテーブル。トチ中野の「お話会」には、付き合いで二回、参加した。二回とも、途中からリチャードが現れた。

「前向き人生が、私に与えてくれた大切なダーリンです」

拍手が沸き起こった。トチとリチャードは、アメリカ映画のカップルのように白い歯を見せた。

しかしリチャードの目は笑っていなかった。それを見て取ったのは自分一人だとエリは思っていた。

15　トチ・クロス

トチがモエを呼び出した。

「あなたにうちを手伝ってほしいの」

モエの介護と料理と掃除は、マダムから合格点をもらっていた。その腕を、この事務所でも発揮してもらいたい。

さっそく濃いピンク色のタオル地の布を、二つ折りにしたものを手渡された。広げるとハート形になる。

「トチ・クロスよ」

トチは普通のぞうきんに水を含ませ、窓ガラスを拭いて見せた。広げると、手のひらの当たった部分のみ黒ずんでいる。

「何事も常識を覆すところから始めなくちゃ。ぞうきんは四角、という法律はないのよ」

今度はトチ・クロスに水を含ませて拭く。手のひら大の布に、均等に汚れが付いている。それだけのことを、モエが「すごい」と感嘆したのは、「トチ・マジック」にすでに嵌《はま》っていたのかもしれない。

「これで拭くときは『ハッピー』と心で唱えるの。心よ円くなれ、幸せよ来い、って念じながら、まるまるっと拭くのよ」

縦横の動きよりは、同心円を描くほうが「良い波動が出る」。仕上げにはマイクロファイバーの布を使い、「コの字」拭きをする。水平に拭いては一段下ろし、次は逆方向、を繰り返す。

ぞうきん掛けは窓、テーブル、床から壁に及んだ。天井には脚立を用いた。シャンデリアは二人掛かりでいったん降ろし、重曹を用い、ガラス飾りの細部まで磨いた。

朝七時が、気がつくと午後の二時を回っていた。

「お腹すいたでしょ」

トチは冷たい健康茶と助六寿司のパックを出してくれた。ひと口含むと、あの苦かった茶が甘露に感じられる。

「これって、美味しいんですね」

「体が浄化されてきた証拠よ」

トチがモエをねぎらうために用意した土産は二つあった。一つは色紙で、「誇りを持て　ホコリを払え」とある。二つ目はピンクのハタキに鈴が付いている。掃除と邪気のお祓《はら》いで一石二鳥だという。

「トチ・クロスも頂けませんか」

「一枚五百円よ。時給から引いておくわね」

その日の午後、昼寝のクリコは突然の鈴の音で起こされた。リビングの壁には見知らぬ色紙が貼ってある。

「叔母ちゃん、どうしたの？」

「真人間になったの」

クリコは熱でも出たのかとモエの額に手を置いた。

16 トチのお話会

「今日の、みなさまとのお出会いを、私は嬉しいご縁と喜んでいます。

喜ぶ、って大事。撫でられた猫はグルグル喉を鳴らすでしょう？　ああいう無心のグルグルを、私たちは忘れがちです。魂は、すぐホコリをかぶってしまうからなんですよ。

私の心も、昔はホコリまみれでくすんでいました。広島の田舎から上京し、服飾専門学校に通い始めたものの、東京のファッションセンスには追いつけない自分がいて、中退してしまいました。
先が見えなくて、いろんなアルバイトを体験しました。私は正直だから、ぜんぶお話しします
ね。（略）水商売は、水の商売。水は方円の器に従います。かりそめのご縁で出会った男の方た
ちは、私に水の精神を教えてくださいました。そしてご奉仕の心です。平等に接する愛です。
私はいつしか、自分には使命がある、と考えるようになりました。平和の街、広島から羽ばた
いたのは、心の平和をみなさんに伝えるためではないのか。
それぞれの人間には使命があります。そう信じれば前向きになれます。何が使命か分からな
い？　分からなくても大丈夫ですよ。とりあえず前を向きましょう。
ありのままの自分を可愛がってあげましょう。自分を猫だと思って、グルグルするまで撫でて
あげましょう。
でも、自分磨きを忘れてはいけませんよ。お部屋も一緒に磨いてあげましょう。そして細胞の
喜ぶものを食べて、体を内側から浄化するのです。
いつでも『ハッピー』という言葉を唱えていると、あら不思議、私は超ハッピーなお出会いを
頂きました。ねぇ、ダーリン！（リチャード登場）広島から東京の次は、世界に羽ばたこうと思
って、英会話教室に通ったんです。教室の廊下ですれ違ったのが講師のリチャードでした。『ア
ーユーハッピー?』と私から言葉をかけました。そんな私が、あなたには新鮮だったのよね？
（リチャード頷く）

結局、世界に羽ばたくはずが、横浜に落ち着いちゃいました。でもそのお陰で皆様とこうしてご一緒できるのですから、感謝ですね。モエさん、そろそろお茶を出してくださる?」

17　リチャードの憂鬱

彼は日本人のガールフレンドを追ってこの国に来た。英会話講師の生活が始まるなり、早速教え子のひとりとデートして、怒ったガールフレンドに捨てられた。そんな繰り返しだった。

リチャードのヘーゼルナッツの瞳は、深い悲しみを湛えている。付き合ってみると、悲しみではなく単なる無気力と判明する。あらゆる選択を女性に任せ、うまくいけば良し、そうでなければ相手に責任を押し付ける。

「実はね、ボクそれ、しないがいいと思てた。でも、君、乗り気。ボク、黙りました」

この手の発言が続くと、たいていの女性は熱が冷めた。

彼の相手は必ず働く女性だった。仲が深くなるにつれて、彼の出勤日数が減っていく。全く働かないというわけではないので、「ヒモ」と罵ることはできない。家事も同じで、料理はしないが皿は洗う。洗濯はしないが自分の分の洗濯物はたたむ。時々思い出したように、自分の好きな食材を買って帰る。

本はほとんど読まない。音楽はビートルズとカーペンターズを交互に聴く。寝転がってテレビを見ている後ろ姿は日本人の親父そのもので、外国人と付き合っているメリットが何もない、と判明したところで彼は追い出される。

同棲から結婚は、トチが初めてだった。年の差を気にする彼ではない。実際、並ぶと彼のほうが年上に見えなくもない。仕事量を減らすように、と迫ったのはトチのほうだった。その代わり「お話会」で素敵なダーリンの役を演じる。その場にいる中高年の女性にチヤホヤされるのは、悪い気はしなかった。

問題は「お話会」の後だった。

「あんた、緑のカーディガンの人、見よったじゃろうが」

「見る、当たり前」

「ウチ以外の女を見ちゃいけん」

「みんなにニコニコしろ、言うた」

「見境なしに色目を使うてからに」

「色目？　その日本語分からない」

「あんたぁウチの言うことを聞いとりゃええんじゃ」

「聞いてるよ」

トチは話しながら激昂していくタイプである。激しい鈴の音が部屋に響き渡る。例のハタキでリチャードを殴っているのだ。それよりも恐ろしかったのは、殴り終わると「ダーリン」と抱きついてくることだった。

「ウチを抱いて。めちゃくちゃにして」

トチはラテン系の情熱をリチャードに求めていたが、彼はスコットランドの冬そのままに、芯が温まることはなかった。

リチャードの郵便物はトチが開封した。英語が難しいと彼にその場で翻訳させる。メールのチェックも欠かさず、生徒からの質問にもトチの指示で答えを書いた。

リチャードが授業を早めに切り上げて帰ってくると、トチは彼の部屋で、彼が持ち帰った答案の束をめくっていた。その後ろ姿は老婆のようだった。

「ボクにはプライバシー、ない」

「あんた、この答案、何ね」

生徒が自分のメールアドレスを書いている。

「この人、男の人」

「カオルいうたら女じゃろ」

「カオル、男もいるよ」

トチはつかんだ答案の束を一気に裂いた。

リチャードは彼なりに自分の職業に誇りを持っていた。答案事件の翌日から友人のアパートに転がり込んだ。

「ボク、翔のところ、いるからね」

なぜかトチに連絡を入れるのだった。バーテンダーの翔とは生活の時間帯が合わず、やがてリチャードは山手駅から徒歩十分の竹之丸に木造アパート家賃四・五万円を借りることになった。

「ボクに距離、ください」

しかし引っ越しはせずに、身の回りの品をキャリーバッグに詰め、数往復した。合鍵をトチに渡す代わりに、家賃の半額援助を勝ち取った。「お話会」への参加も続けている。さすがのリチャードも離婚を考えないでも無かったが、日本在留資格には配偶者の存在は大きかった。彼はすき家の牛丼とCoCo壱番屋のカレーのためにも日本を離れたくはなかった。

18　マリアンヌとリチャードとモエとクリコとエリ

日曜日のマリアンヌは、モエの介助で山手教会のミサに参加する。車椅子の背には携帯用の酸素ボンベを積んでいる。昼を過ぎればクリコが来て、青い部屋も華やかになる。エリの休日はスーパー銭湯と居酒屋だが、その前に母に顔を見せる。モエの淹《い》れるコーヒーを、エリは密かな楽しみにしていた。

チャイムが鳴った。モエが開けるとリチャードが立っている。彼は、トチの命令でマリアンヌと会って以来、この老女のことが気にかかっていた。祖国の祖母にどことなく似ている。フランス語会話は無理だったが、お互いに日本語なら意思の疎通はできる。

珍客に、青い部屋の女たちは浮き足立った。マリアンヌは首を傾げている。

「ボンジュール、マダム」

リチャードのフランス語には強い英語訛りがある。あなたは誰、とマダムはフランス語で聞いた。リチャードのことを覚えていなかったのだ。彼は気にする風もなく、日本語で、トチの夫だと自己紹介した。

モエはエリに出すはずのコーヒーをリチャードに回した。台所にあった貰い物のゴディバのチョコレートがひと粒、ソーサーに載っている。

「叔母ちゃん、私にもゴディバちょうだい」

「お客様用よ」

「私はお客様じゃないの？」

「あなたはウチの子です」とマリアンヌ。

リチャードは自分のゴディバをクリコに差し出そうとしたが、クリコは首を振った。

「母に会いに来てくださって、ありがたいわ」

エリの声が半オクターブほど上がっている。クリコはエリとモエの間で視線を往復させ、苦笑を浮かべた。

「リチャードさんはアメリカご出身？」

「いえ、イギリスね」

「それならロイヤルミルクティーにすれば良かったわ」

「コーヒーは好きです。あの、なんとか。えーと、苦いのお茶。そう抹茶、あれは苦手」

「日本語、お上手ね」

「お上手、ないです」

当たり障りのない会話が半時間ほど続いた。最初に席を立ったのはリチャードである。エリは弾かれたように立ち上がり、台所から持参したゴディバの紙袋を彼の手に持たせた。

「お忙しいでしょうけど、また母に会いに来てくださいね」

モエは玄関まで彼に付いて行った。話題はないが声を掛けずにはいられなかった。

「今、トチさんと別のところにいらっしゃるんですって？」

不躾《ぶしつけ》な質問に自分で驚いた。

「トチ、忙しいので、ボク、邪魔をしてはなりません。でも仲良し」

モエの顔に落胆の表情を読むと、リチャードは付け加えた。

「竹之丸、コーポ西沢二〇二。いつか遊びに来てくれる、大丈夫です」

19　食卓の情景

台所の叔母が「ひと夏の経験」をハミングしている。

「夕食、できたわよ」

タラのフライ、フライドポテト添え。モエのレパートリーにはなかったものだ。もの問いたげなクリコに、モエは微笑んで見せた。

「フィッシュ・アンド・チップスよ」

リチャードの影が我が家の食卓にまで及んでいる。

「私、タラ、嫌い」

「酢をかけると美味しいんですって」

「リチャードから聞いたの？」

「まさか。ネットで調べたの」

「叔母ちゃん、私のアイシャドー使うのやめてくれる？」

「だってクリコ、ラメの紫、使ってないじゃないの」

「誰も使いこなせない色なの」

「タラが冷めちゃうよ」

「ダイエット中だって知ってるでしょうに」

クリコは箸で丁寧に衣を剝がし、身を崩しては口に運んでいる。

チャイムが鳴った。この時間に来る人物は一人しかいない。モエの元夫はリビングに積み上げられた本の中から一冊を選んだ。箸と茶碗を取り出して、モエとクリコの間に座った。フライドポテトの皿を出されると、黙って食べ始めた。

「これもあげる」

クリコはタラの残りを彼の皿に移した。

「酢をかけると美味しいんですって」

「健二さん、もう来ないでくれる？」

彼はようやく顔を上げ、モエの瞼《まぶた》に光る紫色に気がついた。

「ユカさんが留守の時だけ来るなんて、人を馬鹿にしてるわ」

「正論だな」

健二は立ち上がり、モエに礼をひとつしてから夜の中に消えていった。

20　トチの部屋

普通の家庭では大掃除に相当するレベルの掃除が、トチの事務所では週に一回行われる。モエは「ヤングマン」をハミングしながらトチ・クロスを使っている。

「この頃、絶好調じゃない？」

「トチ先生のおかげです」

「ハッピーの波動が来たのね。あなたもそのうち幸せ検定を受けるといいわ」

玄関の音が耳に入らなかったため、リチャードの出現は唐突だった。トチの片方の眉がつり上がった。

「だって今日、お話会」

「しっかりしてリチャード、明日じゃないの」

彼はわざとらしく肩をすくめた。その時、トチの後ろにいたモエは、手にしたトチ・クロスを広げて、ピンクのハートにして見せた。

リチャードの微笑みが唐突で、トチは思わず後ろを振り返った。モエのぞうきんはすでに畳まれていた。

21 マリアンヌの部屋

日曜日がエリには待ち遠しかった。しかし午前中に実家に帰れば、母の教会行きに付き合わされる。一時を待って顔を出した。モエとクリコしか居ないと分かると、少し気持ちが沈んだ。

クリコとマリアンヌのフランス語会話を、上の空で聞いているうち三時になった。そろそろスーパー銭湯、と立ち上がりかけたところでチャイムが鳴った。

その日のリチャードは横顔がことさらに美しかった。母の好きなジェラール・フィリップという昔の俳優に似ている、とエリは思った。眺めることに集中していたので、モエが急に饒舌《じょうぜつ》になったのに気が付かなかった。

退去しようとするリチャードに、エリは十二年もののスコッチウイスキーを持たせた。遠慮なく受け取るのが、却《かえ》って無欲に見えた。玄関に送っていくモエの後ろ姿に、エリは微かな違和感を抱いた。

玄関でモエは、リチャードに向かってある仕草をして見せた。両手の親指を合わせ、ほかの指を曲げてハートにした。テレビで散々観たが、自分とは無縁だと思っていた。彼は白い歯を見せ、「かわい」と言い残して去った。

22　漢方炭酸泉の中で

エリが無心になれる場所はここしかなかった。琥珀《こはく》色の湯に肩まで浸かって、手足は脱力している。

リチャードの横顔を反芻《はんすう》して、飽きることを知らなかった。サウナに移行したところでモエの後ろ姿が閃《ひらめ》きのように脳裏に浮かび上がった。

「好きなんだ？」

独り言が声になって、横の女性から見咎《みとが》められた。サウナで限界になったところで水風呂に浸かる。

洗い場の鏡に映っているのは、カマスの干物のようなメリハリのない体だった。リチャードの隣に置くべき代物ではなかった。

モエはどうだろうか。体はおそらくアジの干物だが、私にはない積極性がある。それよりもトチ。彼女の還暦と、私のそれとは質が違う。トチはピンクのスーツを着こなせる体型を維持し、そんな自分を肯定している。

高齢の母を人に委ねて湯に浸かっている自分を、エリは肯定できない。そんな自分を責めることをアリバイにしている。いつの間にかリチャードの面影は消えて、「ダメな私」を反芻していたエリの肌は、長風呂でふやけていた。

23　マリアンヌとクリコ（原文はフランス語）

「この頃、うちの叔母ちゃん、変」

「エリも変かもしれません」

「なぜリチャードは女に人気かね」

「マトモなのはあなた一人のようね」

「あのタイプ、無理」

「薄いガラスの球体を想像してご覧なさい。その中にリチャードを入れるのです。ある程度は近づけるけれど、絶対に触れられない」

「ガラス、割る、できない？」

「奥さんは割ったつもりかもしれないけれど、無理でしょうね」

「叔母ちゃん、目を覚ます、したい」

「私はエリに目を覚ましてもらいたい。そうだわ。今度の日曜日、ひとつ皆さんにお話をしてみましょう」

「説教、無理思う」

「説教じゃなくて、お話よ」

24　マリアンヌが語る

日曜日の昼下がり、いつもの顔が集まった。コーヒーの香りが漂う部屋で、マリアンヌはリチャードに、飾り戸棚から頭蓋骨を持ってくるように頼んだ。

「みなさんきっと、これのことが気になっていたのではないかしら」

リチャードを除く全員が頷いた。

「この人物に関しては、悲しいお話があるのです。まだ王様に貴族が仕えていた時代のことです。臣下のひとりが、王様の命を受けて、旅発ちました。途中の山里で、古い知り合いの館に泊まることになりました。

大広間で夕餉《ゆうげ》が始まろうとした時のことです。壁のタペストリーのひとつが揺れて、陰からひとりの女性が現れたのです。

タペストリーは壁飾りですが、石造りの館で部屋を保温するための手段でもありました。その向こうに隠し部屋があったりもしました。

黒ずくめの婦人は青ざめていますが、たいそうな美人です。髪は短く刈られていました。黙って席に着くと、何事もなかったかのように食事が始まりました。婦人の前には、この頭蓋骨が置いてあり、そこから彼女は飲むのでした。一言も発しないまま、ごくわずか食べただけで、彼女はタペストリーの向こうに戻っていきました。

客のもの問いたげな目に、主《あるじ》が経緯《いきさつ》を話しました。先ほどの女性は彼の妻でした。実家から命懸けで連れ出してきた最愛の人は、彼の留守中に若者と逢瀬を楽しんでいたのです。薄々は気づいていたものの、確証を得るために、主は出かけるふりをして、例の部屋に隠れていました。そして奥方が若者を招き入れ、その腕に彼を抱きしめたのを目にしたのです。

騎士はその場で殺されました。溜飲の下がらなかった主は、騎士の遺体を骸骨にして、隠し部屋に吊るし、そこで妻に生活するように強いました。彼の頭蓋骨以外の器から飲むことも禁じました。

主の理屈では、奥方は死んだ愛しい人と、敵のような夫を、同時に眺めるという二重の苦しみを味わうことになるのです。

彼は客を奥方の部屋に招じ入れました。壁には例の骸骨がぶら下がっています。憐れむ客に、奥方はいっそう青ざめて、すべては自分の罪の結果であると、涙を拭おうともせずに語りました。

翌朝の出立前、客は主に告げました。奥方の悔悛《かいしゅん》は本物と見受けられる。名家の子孫を残す意味でも、そろそろ許してやるべきではないか」

そこでマリアンヌは口をつぐんでしまった。モエがその先をねだった。

「やがて主の心の氷も解けて、二人には数人の子供もできました」

「その頭蓋骨が、それなんですか？」

「さぁ、どうでしょう」

「騎士にはめでたくない結末ですね」

「昔の人は不倫に命をかけていましたから」

ヨーロッパには、夫によって恋人の心臓を食べさせられた奥方の話もひとつならずある、とマリアンヌは言い添えた。奥方は窓から飛び降りるか、その場で頓死する。

部屋の沈黙を破ったのはリチャードだった。

「恐ろしいの話だね」

リチャードは頭蓋骨を元の場所に戻し、そのまま退出した。女だけ取り残された部屋は、壁の青がいっそう際立った。

25　エリの憂鬱

先ほどの母の話は、自分に向けられたものとエリは理解した。これまで彼女が付き合ってきた男性を、母が認めたことはなかった。

「あの人は、うちの土地と家が欲しいんでしょう」

たいていの場合は、これが殺し文句になる。無欲な相手は「うちの家を欲しがることさえしない愚か者」と見なされた。

母の反対で、エリの恋愛はむしろ長続きする傾向があった。そして母がエリの恋人に飽きる前に、エリのほうが飽きてしまう。

母娘の対立から、生前の父は仕事に逃げた。

「ママンは私の人生から結婚の可能性を奪った」

四十代には似合った言葉を、六十を前にしてエリは繰り返す。エリの言葉を受け止める体力が、マリアンヌにはもうない。不毛な会話の後、一人に戻ると、マリアンヌは死が鼻先まで迫って、額に黒い手が置かれている、と感じる。そんな夜は、ヘルパーに手を握っていてもらう。マリアンヌにとっては、本来、エリの手こそが命の泉なのだが。それともエリの手をした天使が、マリアンヌをさらっていくのだろうか。

26　トチの部屋

シャワーを上がったトチは、鏡の前でしばらく佇んでいる。横を向いて、胸と腹の状態をチェックする。二の腕や、体のいろんな部分をつまんでみる。まだいける、と自分に言い聞かせる。腋の下は、このところ剃っていないが、何も生えてこなくなった。閉経以来の変化だ。脚のムダ毛も、まばらになった気がする。

「ハッピー」

鏡の自分に「微笑みかけてあげる」。今日も素敵な服を自分に「着せてあげる」。口に含んだ健康茶に「体に沁みなさい」と命令する。奄美大島の自然栽培の黒糖をひとかけ、時間をかけてかじる。

戦闘態勢が整ったところで台所に立つ。肉豆腐は「ダーリン」の好物だ。手早い調理の後は、ガス台とシンクを舐めるように拭う。タッパーの肉豆腐を紙袋に入れ、ウォーキングシューズを履いた。山手から竹之丸は、ちょうどよい散歩になる。

27　リチャードの部屋

竹之丸のコーポ西沢は路地の急坂を登った先にある。外付け階段を上って左手が二〇二号室だった。

ドアを開けたリチャードは、さすがに怪訝《けげん》な表情になった。モエは「来ちゃった」と少女のように肩をすくめて見せた。

「フィッシュ・アンド・チップスよ」

受け取ったレジ袋はまだ熱かった。ひと呼吸おいてから彼は六畳ひと間にモエを通した。万年床を二つに折り、座布団を勧めた。自分は立って、台所で湯を沸かし始めた。

「お茶、飲むますか」

「お構いなく」

「その日本語、分からない」

「じゃあ、飲みます」

リチャードは片手鍋の湯でまず湯呑みを温め、その湯を急須に注いだ。安い茶葉なりに美味しく入っている、とモエは密かに驚いた。

面と向かって見ると、彼女は彼に言うべき言葉を持たなかった。頭蓋骨から赤いワインを一気に飲み干す自分のイメージが、音を立てて萎んでいった。

今自分がリチャードの手を取ったら、彼は手を引っ込めるだろうか。握られたままにするかもしれない。彼の胸に飛び込んだら？　避けない代わり、抱きしめもしないだろう。

若い男を押し倒す千載一遇のチャンスかもしれなかった。実際トチはそのようにしてリチャードを手に入れたのだろう。彼を養う財力が彼女にあったからこそ、と気づいた。

私の今の時給では、彼には不足だ。この体で彼を満足させることも出来ない。責任が持てない以上、この茶を飲み終わったら帰るしかない。茶飲み友達、という狡猾《こうかつ》な選択肢が浮かんだところで、玄関の鍵が回る音がした。

「ダーリン？」

入ってきたトチは、息を呑んだが、肉豆腐の入った紙袋を手から落とすことはなかった。咄嗟の判断で、汁がこぼれてはいけない、と思ったのだ。次の瞬間、モエの胸ぐらを掴んだ。

「このアマ！　ひとの男に手ェ出して何しょうるんなら」

女もグーのパンチで殴るんだ、と感心しながらモエは尻餅をついた。

「あんた、なん考えとるんね」

リチャードの胸を平手で叩いている。

「お茶を頂いただけですから」

パンチが飛んできた。私にはパンチでリチャードには平手なんだ、とモエは他人事《ひとごと》のように思った。

「あんた、なんで住所知っとるん？」

「ボク、教えた。まさか来る、思わない」

トチの目の隅が、モエの持参したレジ袋を捉えた。

「これ、何なん？」

答えを待たずに、いい匂いのするそれを壁に叩きつけた。落ちてきたところを何度も踏んだ。モエの座っていた座布団で、モエの頭を叩き続けた。モエは両手で頭を庇《かば》いながら、されるがままだった。リチャードはそんな二人を呆然と眺めている。

「あんたはクビじゃ！」

トチの叫びに反応したのはリチャードだった。

「クビ、ない。ボクのためにクビ、困る」

「庇うんか、別れちゃる。誰のおかげで日本におれると思っとるんね」

「トチさん、大の好き。このおばさん、ボク、関係ない」

「おばさん」のひと言はモエの胸に深く刺さったが、トチは満更でもなさそうな顔になった。すかさずリチャードは「I love you」と畳み掛けた。彼の英語は長年の日本滞在で、日本人にも聞き取りやすいものになっている。

ようやくトチは腰を下ろした。「恩を仇で返した」モエへの怒りと、マリアンヌ宅でのモエとクリコの働きを、しばらく天秤にかけていた。

「マリアンヌさんのところは、続けてお願いするわ」

トチは、いつもの張りのある声を出した。

「うちには二度と来ないで頂戴」

モエは頷き、立ち上がると少し眩暈《めまい》がした。玄関で深々と頭を下げた。リチャードはトチの肩を抱き、トチの手はリチャードの腰に回っている。「お話会」で見せる完璧なカップルの姿だった。

28　モエの部屋

その日の夕方、食卓には昼に作り置きしたフィッシュ・アンド・チップスが上った。クリコは叔母の頬のアザを見咎めたが、モエは「転んだ」と素っ気なかった。

チャイムが鳴った。この時間に来る人物は一人しかいない。

「ご無沙汰」

健二は珍しく手土産を持って来ていた。

「喜月堂の最中ね」

餡の甘味が歯に沁みて、モエはようやく自分が取り戻せそうだと思った。

健二が帰り、クリコが自室に引き上げてから、モエはトチ・クロスのハート形をハサミで二つに切り裂いた。自分がハミングしているのがカーペンターズの「Goodbye to Love」であるのに気づいて、苦い笑いがこみ上げてきた。

29 マリアンヌの部屋

青い部屋はレースのカーテン越しに午後の光を受けて、水槽のように見える。マリアンヌとクリコのフランス語会話が終わった。エリはモエが淹れたコーヒーに口をつけてから、思い切って聞いてみた。

「リチャードさん、いらっしゃらないわね？」

「あの方は、もうお見えになりません」

間髪を容れずモエが答えた。

「お忙しくなられましたので」

エリの顔から血の気が失せた。

「残念だわ」、マリアンヌは横目でエリのほうを窺っている。「お仕事が落ち着いたら、またいらっしゃるでしょう。その時までわたくしの寿命が持つかわかりませんが」

「マダムは百歳まで大丈夫ですよ」

「百歳まで頑張ったらエリが可哀想です」

「そんなこと言わないで」

エリはマリアンヌの枕元に腰を下ろし、その銀髪を柔らかく撫でた。

「私を一人にしないでちょうだい」

マリアンヌは頷き、その頬に僅かな赤みが差した。このところ彼女の酸素摂取量が安定し、ほどなくカニューレが取れることになる。

30　モエの部屋

モエは久しぶりに実家の母に電話を入れた。

「モエ、久しぶりじゃないの」

嬉しそうな声に責める調子はなかった。雑談の途中から言いにくそうな気配を感じた。

「どうしたの?」

「ちょっとね、買い物をしちゃった」

「今度は何を買ったの?」

「マッサージチェア」

「あの部屋に置く場所あるの?」

「全身自動マッサージが素晴らしいのよ」

「幾らしたのよ?」

母は最後まで口を割らなかった。母の浪費癖は不安要素のひとつだった。

ひとりの布団で、久しぶりに金塊の写真を眺めている。枕の下にはむろん七福神のカード。布袋、大黒、毘沙門……思い出す努力の中で意識が落ちた。

第二話　雲《うん》　根《こん》

1　朋子の部屋

モエは久し振りの休みを実家で過ごすことにした。

海老名市の柏ケ谷は、分譲住宅とアパート、後はコンビニとドラッグストアだ。実家は木造モルタル二階建ての、サンドベージュの外装に、窓枠の白がわずかな個性を主張している。

父が残してくれたこの家で、現在朋子は一人暮らしをしている。父は家庭では少々難しい人物だった。晩年は癌の入退院で、朋子は付きっきりだった。気に入らないものをスプーンで口に運ぶと、ペッと吐き出す。看護師の注射が下手だと、怒られるのは朋子だった。

父が亡くなって朋子は泣き暮らしたが、涙の後には異様なほどの解放感が来た。八十歳を前にしてスポーツクラブに入り、アクアビクスに精を出したのはまだいい。食べ盛りの子供の食欲に匹敵するほどの物欲に、彼女は見舞われていた。

テレビの通販番組で、青汁、しじみエキス、歩きやすい靴、フライパン付きの包丁三点セット、真珠のネックレス・イヤリングのおまけ付き、補整下着、ハンディスチームクリーナー、高枝切りバサミ、美姿勢座椅子、プラズマクラスター蚊取り機能付き空気清浄機、などを買い込んだ。着る機会がないはずの着物も着々と増えている。

モエは深呼吸をひとつしてからドアを開けた。また居間の様子が変わっている。ソファの隣に置かれたマッサージチェアが目に飛び込んで来た。

「電話で言っていたのはこれね」

「ちょっとやってごらんなさい」

黒の合皮は、人一人がすっぽりと収まる形をしている。「メディカルコース」の「全身メディカル」を選択した。機械は勝手にリクライニングし、モミ玉が背筋を上下して肩と腰の位置を定めた。ぶるぶると震え、叩き、同心円を描く。挟まった手足は空気の圧を受ける。気持ち良さが、機械に体をいじられる不快感をわずかに上回っている。

「いくらしたの？」

朋子は貝のように口を閉ざした。右手の中指に赤い石が輝いている。小粒五個が花びらで、花芯がダイヤだった。

「ルビー？」

事実を、母に受け止めてもらわねば、母は老後の資金を切り崩して買い物三昧を続けることだろう。
気まずさを打ち消すように、モエは簡潔に身辺の変化について語った。会社を辞めた、という
「値段は聞かないで」

ヘルパーという新たな職に対して、朋子は首を傾《かし》げた。
「暮らしては行けるのよ」
母の介護を視野に入れての選択、とは本人を前にしては言えない。話をマリアンヌ鈴木に移し
た。一番の顧客で、日本人とフランス人の間に生まれた老婦人。山手の洋館の、彼女の部屋は、
壁と天井が青く塗られている。
「すてき！」、朋子の瞳が輝いた。「うちも壁紙とカーテン、変えてみようかしら」
モエは淹《い》れた紅茶に手をつける気力もないまま、実家を後にした。

2　マリアンヌの部屋

マリアンヌの日曜日は、クリコとのフランス語会話が一番の楽しみとなっていた。折角訪れた
娘のエリには見せない笑顔をクリコには見せる。しかしエリはマリアンヌにとって特別なのだと、
モエたちが思い知る瞬間がある。

「あれを見せて頂戴」

エリは象嵌《ぞうがん》の木箱をどこからともなく持参する。中には先祖伝来の指輪やブローチが、ティッシュに包まれて収まっている。マリアンヌのお気に入りはオパールの指輪で、はめた指をかざすと、白濁した氷の奥で虹が点滅している。

また別の日は老いた指をオリーブ色のキャッツアイが飾った。石を取り巻くメレダイヤの古色が、黒ずんだ金細工を一層際立たせている。

「猫の瞳は、この世で最も美しいものの一つではないかしら？」

「マダムの指輪の方が綺麗ですよ」

モエの本心だが、マリアンヌはまんざらでもなさそうに微笑んだ。宝石箱をしまうのもエリの役目で、この家のどんな片隅に箱が眠っているのかと、モエは首を傾げる。クリコは宝石の隠れ家を「場所」と呼ぶ。「場所」に近づけるほどの信頼を、モエもクリコも勝ち取ってはいなかった。

3　アメシスト

翌朝、夢と目覚めのはざまで、モエの脳裏に浮かんだ情景がある。小学校からの帰り道だった。パン屋が駐車場になったと知って、寄り道をした。

パン屋の敷地は、思ったより狭かった。コンクリートの駐車スペースが切れると白砂利が敷かれている。中に黒っぽい石がひとつ混じっているのをカーンと蹴った。石は放物線を描いて着地し、奇妙な転がり方をした。

蹴られて割れたのか、元からなのか。内部は空だが、内壁は紫色の結晶で覆われている。

アメシストという言葉はまだ知らない。手のひらに収まる石の中に、この世のすべてが、夕陽や駐車場にいる自分も含めて収まっている、と思った。モエは石をティッシュで包み、飴の缶に入れ、勉強机の一番奥に隠した。学校から帰るなり、ランドセルを外す暇も惜しんで部屋に駆け込み、石を飽かず眺めた。

「なに、それ?」

姉に取り上げられた石がその後どうなったのか、モエは知らない。

思い出は別の思い出を呼んでくる。子供向け科学雑誌の付録が「鉱石培養キット」だった。フタ付き透明容器に熱湯を入れ、パウダーを混ぜ、フタをして一時間。フタを開け、土台を沈め、「種」をまき、再びフタをする。二十四時間後、フタを取ったら放置する。

あざとい青の溶液は、日毎に結晶を溜めていった。わくわくの数日が過ぎると、当たり前になって、放置したまま一カ月近くが経った。水を抜くと、容器の底全体が塊となって剝がれた。結晶の触手が思い思いの方向に伸びている。

中でも太い一本を折り、ティッシュに包んで、姉の目に触れない学校の机に収めた。眺める楽しみを、同級生の田中君に譲る気になったのは、彼に淡い憧れがあったのだろう。田中君はサッカーが得意で女子に人気だった。彼の嫌いなものはグリンピース。給食当番の女子はチキンライスからグリンピースを除けて彼の元に運んだ。モエに可能な彼への捧げものは結晶しかなかった。

「毒だから触った後は手を洗ってね」

輝く棒を渡した時、こう付け加えるのを忘れなかった。受け取った田中君の困惑の表情が忘れられない。

4　パライバ

思い出が、モエの中の何かにスイッチを入れた。スマホの小さな画面には、宇宙よりも広大な暗黒の世界が広がっている。星から星へと飛び移るようにして、彼女は中古品の宝石を扱うサイトのハシゴをした。

気がつくとモエは、最近の宝石事情について、ひとしきり語れるだけの知識を身につけていた。たとえばパライバトルマリン。ブラジルのパライバ州バターリャ鉱山で産出されたトルマリンは、深海独特のネオンブルーをしている。銅の含有量が高いほどブルーが強く、低いと南洋を思わせるグリーンになる。

問題はこの石が一九八七年に発見されて、採掘権争いもあり、早々に希少なものとなってしまったことだ。その後、ナイジェリアやモザンビークなどアフリカ産が出回るようになるが、その青は水で薄めたように淡い。

モエはクリコを相手にパライバの「トロリとしたテリ」を飽かず賛美した。

「昔の王侯貴族はダイヤやルビーをザクザク持っていたかもしれないけど、かわいそうに、パライバブルーを知らなかったんだわ」

「叔母ちゃんは貴族じゃないし。持ってないのに、何言ってんの」

「あんた、同級生はみんな働いてるんでしょ。いつまで学生をやってるのよ」

二人の沈黙をあざ笑うように、画面の中の青は邪悪なほど美しかった。鑑別書付きのブラジル産は一カラットで百万円を優に超える。産地不明で、塵ほどの大きさなら数万円だが、突然芽生えたモエの物欲はそれを良しとしなかった。

寝る前のウイスキーも、モエの新しい習慣だった。原液をトパーズの色まで薄め、スマホ画面の宝石を肴《さかな》に意識が朦朧《もうろう》とする瞬間を待つ。ある夜は、楽天に出品されていた大粒のパライバトルマリンが「タイムセール」になっているのに気付いた。時刻は十一時四十七分。十二時までに購入すると、定価の百二十万円が半額の六十万円になる。

宝石とその値段を眺めすぎた副作用で、モエは数字に対する感覚が麻痺していた。酔いが六十万円という金額を六千円の重みに変えていた。十一時五十九分、「購入」をクリックし、安堵のため息をついて彼女は眠りに落ちた。

翌朝のモエの目覚めは、頭から冷水を浴びた感じだった。経緯《いきさつ》を聞かされたクリコは顔色を変えた。

「この家の家賃九ヵ月ぶんよ」

本来六十万円の価値の品に、百二十万円という幻の定価を付けた半額マジック、とクリコは断言した。宝飾店の電話番号はすぐに判明した。クリコはスマホをモエに突きつけた。解約の電話をしろ、というのだ。

対応してくれた女性は、モエの言い訳を聞くと、悲しげな声になった。

「いったん解約されますと、もうこのお値段ではご提供できませんがよろしいでしょうか」

クリコがモエの二の腕を摑《つか》み、モエは「止めます」の一言を絞り出した。

その後の叔母の不機嫌に、ついにクリコが代替案を出してきた。さすがのパライバも、「ヤフオク」なら一円からの出品があるはずだ。ジャンルはリングに限定した。ペンダントやピアスは、付けている本人には見ることが出来ない。指元なら二十四時間眺めていられる。

画面のパライバたちは、ほとんどがすでに十万の大台を超えている。

「これなんかどう?」

画面をクリックしながらクリコが探し出してきたのは、涙を逆さにした形をダイヤモンドが取り巻いている。五・二五カラットの産地は不明で鑑別書もつかない。その代わり現在七万八千円で、二十五人が入札中とある。

クリコは初心者の叔母にレクチャーをした。オークション終了まであと三日ある。値段はゆるやかに上昇を続け、最後の十五分で熾烈な競りを展開する。頷《うなず》いたモエは入札をクリックした。

三日後の夜、大学の図書館にいるクリコにモエから電話が入った。

「例のパライバが今十五万八千円なんだけど、どうすればいい？」

「叔母ちゃん、本気？」

「あんな大粒、もう手に入らないから」

少額ずつ入札するよりは、まとまった金額を入れたほうが他の入札者を蹴落とせる、とクリコはアドバイスした。三分後、再び電話がかかってきた。

「十六万八千円にしたのに、もう高値更新されちゃった。あと五分なんだけどどうしよう」

五分を切ってからの入札の場合、オークションは自動延長することが多い。聞いたモエはさらに一万円突っ込んだ。すぐに画面の向こうの誰かが千円上乗せした。上乗せの上乗せ。そのまた上乗せ。電話による実況中継は四十分に及んだ。叔母が意外と勝ち気であることをクリコは初めて知った。

「落札、しちゃった」

モエは急速にしぼんだ風船の感じで、普段の声に戻っていた。

数日後、税込み二十万円のリングが届いた。画面ではこってりした藍色だったのが、実物は透明感がプールの水に近い。

「ギトギトしてなくて、いいじゃない」

クリコは褒めてくれたが、そのギトギトこそがパライバの魅力、とモエは複雑な心境になった。鑑別書がない、という事実が頭の上にのしかかった。インクルージョン（内包物）が多く、色が薄いとジュエリーではなくアクセサリー品質、という半端な知識を自分が持っていることが呪わしかった。

それでもモエは寝酒の折にその指輪を飽かず眺めた。嵌めては照明に手をかざす。光を受けた宝石は中央が黒ずみ、周辺の輝きが一層増した。一点の華やぎに対して、手は年齢相応で、対照が残酷だった。

本物は若い指には似合わない、と思い込んでいた。気に入らないプレゼントを相手に返したこともある。別れた夫に結婚指輪以外もらった記憶はないが、それが苦というわけでもなかった。離婚し、退職し、気がつけば掌に残るものが何ひとつ無い。指の間を若さがこぼれ落ちてしまった。取り返しがつかない、と分かるぶん、無駄な抵抗に走る。

同じ年頃の知人は昔、西城秀樹の追っかけをしていたが、最近突然茶道を始めた。会うたびごとに違う着物を着ている。中古だと笑って見せたが、結構な金額のはずだと、その時は他人事《ひとごと》だった。また別の知人は、子離れと夫の単身赴任で、これまた突然に、フラダンスとパソコン教室に通い始めた。パソコン教室の講師に恋をしてからの彼女は、地味なひっつめ髪を茶髪のパーマにして、後ろ姿だけは女子大生と見紛うまでになった。韓流スターにハマり、韓国まで遠征に行くようになった同級生もいる。

突然の石への執着を、モエは老いの入り口と理解した。

「一番宝石が似合うのは骸骨だよ」

クリコがヨーロッパの聖遺物の写真を見せてくれた。聖人の頭骸骨が、サファイアの目、金色の顎にはルビーと、無数の宝石で飾り立てられている。骨に石の輝きは良く似合った。

死に至る荒野に、蛍のように点滅しているのが石たちだった。母も同じ荒野の住人、と思うと、生暖かい悲しみに胸が浸された。

5　その夜の夢

モエは横隔膜のあたりに沼を感じた。黒い泥の中に蠢《うごめ》くものがある。やがてそれは、巨大なオタマジャクシの形を取った。平たい頭部の輪郭いっぱいにルビーが嵌《はま》っている。泥の中に潜って、再び現れたときは、ルビーがエメラルドに替わっていた。目が覚めても、脳裏では輝くオタマジャクシが跳ねていた。

6　オパール

マリアンヌの宝石で、一番モエの心を打ったのはオパールだった。玉虫色に白濁した塊が、頻《ひん》繁《ぱん》に胸の底のオタマジャクシの頭を飾るようになった。

仕事帰りに元町を通り、そのまま石川町駅に向かっていると、視野の隅を例の乳白色が捉えた。その宝飾店は「半額セール」の赤い幟《のぼり》が、洒落《しゃれ》たショーウィンドーと奇妙な対照を成していた。オパールを眺めて三十秒ほどで店の女性が飛んできた。彼女は喋り続けたが、モエは頷きつつ何も聞いていなかった。

指輪には三つの石が使ってある。楕円形と、小ぶりが二つ。間が数ミリ空いているので、指につけると石が二カ所で遊んでいるように見える。七十万円のところが、三十五万円。気がつくとカードを差し出していた。指輪の小箱と鑑別書を手渡された。

辞めた会社の退職金を分母とすれば、三十五万円は許される贅沢かもしれない。しかし、ヘルパーの時給を考えると、襟元が寒くなる。

胸のなかのオタマジャクシは喜びで跳ねたが、不幸なことに、鉱物情報誌のオパール特集がほどなく手に入った。オパール化した木や貝の化石が掲載されており、生物と無機物の融合したきらめきは、モエを夢幻の境地に誘った。しかし別のページに現れた「トリプレット」という単語が、鋭い刃となって彼女の胸をえぐった。

本物のオパールを紙のように薄くスライスし、母岩に貼り付け、上をプラスチックやガラスで覆う。指輪の裏を確認すると、本物は原石がそのまま覗いているが、トリプレットの場合は金属で蓋がしてある。

モエのオパールは、楕円形の石は裏が空いていたが、小ぶりな二つのほうは塞がっていた。ちょうど地元の産業貿易センターで、鉱石フェアが開催中だった。指には例のオパールを嵌めていった。オパール専門のブースで品定めの振りをしていると、店の男性が彼女の指輪に目を留めた。物問いたげな男性の視線に応えた。

「これ、小さいほうは、おそらくトリプレットですから」

指から外して手渡すと、男性は急に猫背となり、ルーペに集中した。

「トリプレットですかね。もしかするとウォーターオパールかもしれませんが、蓋を外さないとわかりません」

その日以来、モエは人間の男に対して抱いたこともないほどの愛憎を指輪に向けるようになった。さらに宝石関連の本を買い込み、分かったことがある。「半額セール」の店はそれだけで警戒に値する。鑑別書は絶対ではない。モエがこの歳にして乙女のような人間不信に陥ったことを、クリコも朋子も知らなかった。

7　パライバ再び

オパールの失敗にもかかわらず、モエの宝石熱は止まるところを知らなかった。消費者にならずに楽しむためにはスマホしかなかった。中古品の店では、「フェイバリットストーン」と「福岡宝石市場」がお気に入りになった。毎日在庫を確認しては、本当に欲しいものを選別していく。対象が定まったところで、発想を転換する。私はすでにこの石の所有者なのだ、と自分に言い聞かせる。だが今のところは店に預けてある。好きな時に取りに行けばいい。

ちょっと背伸びをすれば届く十万円台の品にはこの手が有効だった。しかしより強く夢見るためには、高額商品を必要とした。「パライバトルマリン」を画像検索する。その青が目に沁みる場合は最低百万円と知っている。六カラット超えの大粒をダイヤで囲んだ上に、同じパライバの小粒が日輪のように配された指輪は、「たったの」四百八十六万円だった。

「アフリカ産ですものね」

最近は独り言も多くなっている。

パライバならこれ、という品は見つけてある。半円形をダイヤの花びらが取り巻いている。そのままでは不均衡なデザインだが、モデルの指にはめられた写真では見事にバランスが取れている。ブラジル産の二・五カラットに、同量のダイヤが付いて九千九百万円は致し方ない。「商品説明」が力説するように、「月光を映し出す、異次元の世界に存在する、神秘的な湖のよう」な逸品だ。六億円のロトセブンが当たったら迷わず買うつもりでいる。

8　虹色水晶

モエは金を使わずに消費者のふりをして楽しむ方法を、自分なりに洗練させていった。朝に晩に、ヤフーオークションをチェックする。新しい出物が、一円からスタートして数千円まできたところで、入札者数を確認する。複数の入札者がいると分かった時点で、「入札する」をクリック。「確認する」の後は「ガイドラインに同意して入札する」。

段階を踏むのは安易な入札を避けるためだが、モエにはハナから購入する気はない。入札後、愛しい宝石の上に「あなたが現在の最高額入札者です」という表示が現れるのが無上の喜びである。

入札額は刻々と動くが、価格がリアルな値段に近づいてきたところでモエは引き下がる。落札額が思いの外低かった場合、「買ってしまえば良かった」と酸っぱい後悔に身を委ねる。スターサファイアに六万八千円まで食いついて、十五分後に七万二千円の落札だった時はしばらく胸が痛んだ。

この頃のモエには睡眠導入剤が処方されていた。酒は禁止、という医者に、酒と薬の間にどれほど時間を空ければ良いか尋ねた。三十分だった。

晩酌の後、三十分で導眠剤。それでも寝付けない時は禁断の寝酒となる。肴はもちろんオークションだ。その夜は気が大きくなり、何度か入札したと記憶に残っている。

翌朝確認したところ、四回の入札だったが、いずれも他の入札者がいない。時間が経てば自動的にモエが落札することになる。

一つめの水晶は、内部の傷に光が反射して、角度によっては虹色の輝きが現れる。二つめも水晶で、「デュモルチェライト」を内包している。上から眺めれば紫がかったブルーだが、横からだと透明な球体のなかに藻のようなものが沈んでいる。

虹色八千円、青い結晶一万五千八百円。二つの水晶は落札されるに任せた。

三番目は大粒のペリドットの草色に、オレンジのガーネットが二粒、寄り添っている。最低落札価格が十万円と分かった上で入札した自分が、モエには恐ろしかった。

四番目は我が目を疑った。いびつなファイヤーオパールを、色とりどりのカラーストーンと、金属片が取り巻いている。地球外生物のような指輪に、似合う人物がいるとは考えられない。七万六千円がモエの入札額だった。

思い余ったモエは、クリコに電話を掛けた。

「これから授業なんだけど」

「一分でいいから知恵を貸して」

ペリドットの十万円とファイヤーオパールの七万六千円を免れるにはどうしたら良いか。落札後に拒否すれば悪い買い手として記録が残る。

「落札前に断るしかないわね」

十万円は企業、七万六千円は個人の出品だった。企業には電話を掛ける。個人には質問欄で連絡を取る。クリコのおかげで方針が決まった。

企業の担当者は「今後何かのご縁があれば」と大人の対応だった。個人には睡眠導入剤と酒で判断が狂った旨、正直に書いて送った。「今後二度とこんなことのないようにお願いします」と返事が来た。文面からにじみ出る怒りに、見知らぬその人を拝んだ。これでモエの異常入札は、いったん沈静化することになる。

9　旅するオタマジャクシ

胸のオタマジャクシが餌を要求している。ネットで危ない橋を渡るのは、さすがに自制している。同じネットで、もう少し無難な物件を探し出してきた。モエはクリコに聞いた。

「今度の週末、空いてる？」

「空いてるけど？」

「叔母さん、二日間の休みが取れたのよ。山梨、一緒に行く？」

「お金無いし」

「私のオゴリよ」

そんな都合の良い話があるわけがない。クリコが確かめてみると、彼女の役目はドライバーともう一つ。モエが買い物に走らないためのお目付役だった。目的地は山梨県の宝石博物館。近くの「熔岩温泉」に宿泊する。

「車、どうするのよ」

「健二さんに借りるわ」

離婚した夫は相変わらず夕食をねだりに現れる。車を借りてもバチは当たるまい。モエは平然としているが、クリコは二人のことを共依存ではないかと眉をひそめた。

土曜日の十一時半、ブラウンのアルトは河口湖に到着した。人影は無く、枯れ枝越しの山と湖は寒々としていた。湖に面したクリーム色の洋館が問題の博物館だった。敷地に食い込むように、甲冑《かっちゅう》の武士が座る石像がある。

「武田信玄じゃないの」とクリコ。

モエが確かめてみると「梶原景時」だった。

「誰?」とクリコ。

「義経を陥れようとした人と思われてるけど、本当は立派なんだって」

「シカ肉バーガー!」

クリコが指す方には幟が立っている。赤地に黄色の線が走り、「ここで鹿 食べられない!」とある。

「ここで鹿」のダジャレに眉をひそめるモエを押し切って、クリコは鹿肉バーガーにした。チーズバーガーを選んだモエは、食に関しては保守的だった。屋台に毛の生えたような店は、聞き覚えの無い英語の音楽を大音響で流している。外に設置されたテーブルで待つ間に体が冷えた。出来上がったバーガーは外見では鹿と分からない。聞かれたクリコは「旨い」と答え、事実美味だったが、ケチャップの味が前面に出ていた。

肝心の博物館は、土産物屋レベルの宝石店だった。右手に小さな窓口がある。とりあえずペンダントを漁り始めたモエの袖をクリコが引いて、窓口で券を買った。窓口の背後の、照明の落ちた空間が展示のコーナーだった。小さなショーケースが見渡す限り並んでいる。ひとつにつき一種類、または二種類の石を、原石とカット後と製品に分けて並べてある。モエはアメシストの紫から取り掛かった。ひとケースごとに、食い入るように眺め、写真に収めていく。水晶だけでも数ケースある。シトリンは和名では黄水晶、琥珀《こはく》に近い色をしている。ローズ・クオーツは原石自体が儚《はかな》い薔薇《ばら》色である。スモーキー・クオーツこと煙水晶は、水に墨を垂らしたと見える。

アゲートと瑪瑙《めのう》は同じものと、モエは初めて納得した。赤と緑の縞がうねった瞬間が凝固している。薄い円形を手に取れるものなら、こっそり口に含んでみたいとモエは思う。舌に冷たく、永遠の味がするはずだ。石は時間を食べて育つ。石を体内に収めたら、死の恐怖は晴れやかに霧散するのではないか。

パライバトルマリンで、予想外だったのは原石である。岩に鮮やかなブルーのグラデーションが帯となって走る。対するルビーの原石は、単に赤みを帯びた石ころだ。より石ころ感が強いのがサファイアだった。ブルーのイメージが強いが、研磨されたものは黄、ピンク、緑、オレンジとあらゆる色が揃っている。

原石から製品まで、緑の質が変わらないのがエメラルドだった。指輪はミニチュアの湖のようで、黒い翳《かげ》りが不吉なまでに美しかった。

アレキサンドライトは赤紫の指輪が、ボタンを押して光を変えると青緑色に変化する。日常では太陽光の下が青で、白熱灯の下が赤になる。モエの購買意欲を最もそそる石のひとつだが、連れでもいない限り、色の変化が分かるのは自分ひとり、と思うと手が出ない。

ダイヤモンドは原石と製品の差が甚だしい。不透明の粒には輝きの予感すらない。道端で拾ったらポケットに入れたまま忘れてしまいそうだ。

ウォーターメロン・トルマリンは、暗緑色の棒を薄くスライスすると三角に近い円形になる。内部はスイカの赤なのでこの名前になった。

部屋の中央には大型の展示がある。緑のボーリング玉と見えたのはマラカイト。黒い渦に渦が重なって、魚眼を思わせる。水晶は六角柱状の結晶が思い思いの方向に伸びて、南極の氷を砕いたらこんな感じかと思われた。

左の奥に展示は続いており、クリコが小型のソファに座ってスマホをいじっていた。正面の洞窟を模した壁に、涙形の白い巨石が嵌め込まれている。一二七〇キロの水晶の原石である。モエは思わず両手を合わせ、クリコの視線を感じなかったら柏手を打つところだった。

巨石の横にはアメシストの、これまた巨大なものが並んでいる。石のザクロが割れた、と見える。中央の空洞は、子供なら中に収まってしまいそうである。

瑪瑙の断面に光を当てたものがある。脳の切断面に見える。

セレスタイトは和名が天青石、空の青から命名された。展示品は青というよりグレーで、光る結晶が散在している。地味だが、空の石を、モエは美しいと思った。

まだ博物館の目玉を見ていない、と思い出した。壁際にそれは展示されていた。一四六・六カラットのアクアマリンである。エメラルドカットのそれは装飾品には大きすぎるサイズで、孤高という言葉が似合う。

光の中に戻ると、売店が待ち受けていた。ペンダントやブレスレットには食指が動かない。サイズの問題があるからか、指輪はない。先ほどから原石に慣れた目には、石の置物が好ましく見える。「お買い得!」のポップが立つコーナーで一切れのアメシストが一万三千円。円錐形で膝までの高さだと、ペアで七十二万円。セレスタイトの、先ほどより青みの勝った、両手に収まるサイズには四万円の値が付いていた。

結局モエが購入したのは五百円の「水晶貴石コマ」だった。細長いビニール袋に色とりどりの石片が詰まっている。

「叔母ちゃん、それ何に使うの？」

「お皿に入れて眺めると綺麗でしょ」

「で、叔母ちゃん、満足？」

「うーん」、モエは胃のあたりをさすっている。例のオタマジャクシは博物館で大人しくしていた。オタマジャクシが暴れるほどの激しい体験ではなかった、ということだ。時刻は一時半に近い。一階だけの博物館は、舐めるように見ても、これ以上の時間は使いようがない。

早めのチェックインで温泉に浸かるか、それとも……。

「甲府のほうに似たような博物館が三つあるのよね」とモエ。

「甲府、遠いよ？」

「これなんかどう？　昇仙峡クリスタルサウンド。昇仙峡って観光名所でしょ」

ホテルのチェックインは五時に設定してある。往復で三時間。滞在三十分、とクリコは計算した。

10　昇仙峡

車窓の景色が変わらないまま一時間以上が経過した。やがて四方が山で囲まれた盆地に入る。

いつまでも田舎の市街地で、峡谷が現れそうな気配はない。ナビに従って迂回を繰り返し、いったん細くなった道が元に戻ると登りになった。穏やかな坂がつづら折となり、モエがクリコの運転を不安に思っていると、突然車窓の景色が変わった。

「中国の水墨画みたい」

クリコも頷いている。盛り上がって削ぎ落とされた岩に、わずかな緑がしがみ付いている。緑の季節なら対照はいっそう鮮やかなはずだ。

売店と駐車場が現れたのを無視して更なる上を目指す。再びの駐車場があり、石の店が並んでいる。やがて左手に、竜宮城のように屋根の反った建物が現れた。赤いゲートには「水晶宝石博物館」とある。これが別名「昇仙峡クリスタルサウンド」だった。

一歩入るとクリコが声をあげた。

「ムーミンのニョロニョロだ」

モエは白い男性器の群生と思ったが、黙っておいた。その背後はステージ衣装で両腕を広げた美空ひばりを思わせる巨大アメシストだった。入場無料とは気前がいい。盗難の心配をしように も、石の美空ひばりを運び出す物好きはいないはずだ。

最初に目に入ったのは「クリスタルスカル」。水晶の頭骸骨はマヤやアステカ、インカで魔除けだったとされている。近代に作られた偽物がほとんどらしい。頭蓋骨の背後には、川中島の合戦を宝石まみれの立像で再現したコーナーがあるのだが、モエは二階のトイレへ向かうクリコの後ろ姿に気を取られ、彼女の後を追った。

二階の全景が目に入ると、モエのヒューズが飛んだ。胸の黒い沼に住むオタマジャクシが激しく震えている。紫、ピンク、グレー、純白。結晶だったり艶やかだったりする、おなじみの石たちが二段の丸テーブルに盛られている。三段の丸テーブルもある。左手にはショーケースが所狭しと置かれている。まさに石のバイキング状態だった。

「ここでは写真を撮らないで下さいね。展示室のほうは大丈夫ですよ」

女性が売店の奥を指差した。照明が落ちて、展示物が並んでいる。この博物館のマラカイトの原石は、緑の癌細胞の葡萄《ぶどう》状の連なりだった。「風化水晶」は亀裂から中の水が抜け、代わりに泥が入り込んでいる。水が残っていれば「数千年～一億年前の水」とある。「水入り水晶」もあり、中の水は当然太古に遡る。水晶は百年に一ミリ成長する。その過程で水を抱え込んだ石に思いを馳せるモエは、後に小ぶりの水入り水晶なら原石で数千円から数万円と知ることになる。中の水は不老長寿の妙薬であるらしい。

石と造花と金属を組み合わせたアートが何点か展示してある。緑に塗られ、楕円の切断面を晒すアメシストが人喰い花に見える。

売店でクリコと合流した。こちらでは何かを買いたい。時間はない。やはりサイズの問題か指輪は置かれていない。水晶のペンダントヘッドで、インクルージョンのあるものが数点並んでいる。透明な中に微《かす》かな緑や薔薇色が靄《もや》になって漂っている。決めかねるモエに、先ほどの女性が一点を取り上げて、斜めに透かして見せた。

「ハート形でしょ？」

言われると確かにハートに見える。言われなければ鈍色《にびいろ》のゴミである。

「今三〇パーセント引きですよ」

「これにします。ところでこれはおいくらですか」

商品の横に置かれていた白水晶の五センチほどのクラスターを指した。値札は付いていない。オマケにしますよ、のひとことを待っていたのだが、女性は慌てて他の店員と言葉を交わしている。千百円と値段がついていて、合計六千七百円はモエとしては適正価格である。傍のクリコも頷いている。

後は宿に向かうだけ、とクリコもモエも信じて疑わなかった。

11　まるや

駐車場へ向かう道には石の店が点在している。中でも派手なのが「まるや」だった。店前の露天スペースに大型の石がぎっしりと並んでいる。

「豚バラみたい」

クリコが指すほうにはピンクに白の混在する立方体が、上に球体を載せている。石も多いが木の立て札も多い。

「今日も頑張って元気に営業中」

「ひやかし大歓迎」

商品のはずの石に各種立てかけてある。恐竜の卵が割れて、中の黒い結晶が覗くものには、「まるやで開運」。アメシストの円柱には、「MADE IN JAPAN」。巨大なピンクの綿飴が崩壊したものには「珍宇宙からのパワー隕石」。モエが目をつけたのはひと升千百円の「さざれ石」だった。小粒のキラキラは水晶に見える。五百円のクズ石詰め合わせを買うのではなかった、と後悔したが、物欲しげな視線に、前掛け姿の店員が声をかけてきた。

「国歌にあるさざれ石がこれです。巨大な岩もだんだん割れて小さくなってさざれ石になるんです」

モエは首を傾げた。国歌ではさざれ石が巌に育って苔むすのではなかったか。考える暇を与えず、店員はモエとクリコを店内に導いた。

石野、というのがその人物の名前だが、彼は一メートルを超えるアメシストの円柱を叩いて見せた。

「これはスリランカ産です」

「スリランカ？」

「宝石の島ですよ」

石野の言い方では極楽の島と聞こえる。アメシストは紫外線で色が薄くなる。二、三十年かけて四価の鉄イオンの電子が離れていくからだ。彼が見せてくれたもう一つのアメシストは、確かに消えかかった紫で、人間でいうなら老齢を感じさせる。

鮮やかなほうのアメシストは、昨日石野が拭いたものだ。

「ギザギザしてるでしょう。手を切っちゃうんですよ」

山梨では玄関にアメシストの「ドーム」を置く習わしがある。

「悪い気を弾いて、いい気をキャッチするんです。ところで水晶とガラスの見分け方、知っていますか？」

奥の台の上に、石野は二つの玉を並べて置いた。玉その一と玉その二は完璧な双子と見える。

「摑んでみて下さい」

「あ、冷たい」

「そうなんですよ。冷たいほうが水晶なんです」

ひとつの玉を裏返すと、「ガラス」と彫ってある。モース硬度は水晶が七に対してガラスは五前後。軟らかいので水晶でガラスに傷をつけることができる。

店の水晶には産地や効能を書いた紙が添えてある。甲斐のものは複数の六角柱が扇を開いたと見える。効能は「末広がり繁栄」である。甲斐産は当地が国立公園になったため、採掘ができなくなった。「末広がり」は、盗掘でないとすれば長年店先を飾っていることになる。

「ブラジルやウルグアイ、マダガスカル。それぞれ違うんですよ」

ロボットが手を上げた形のマダガスカル産には「極上!!」とある。

「ヒマラヤ産は高度が上がるに従って色が濃くなるんです。お客様には色があるほど天国に近い石だと申し上げることにしています」

とっておきを見せてもらうことになった。ウミガメの化石は一人では抱えきれない大きさで、甲羅のツヤは先ほどまで生きていたと見える。添えられた紙には、「価格の付けようもありません（笑）」とあるが、この世に値段のつかないものはない。石野によれば、七〇キロで七千万円である。亀の隣の暗褐色の塊は隕石だった。

「本物です」

値段は一億円。

「でも一億でも売らないでしょう?」とクリコ。

「確かに売れません」

「三億なら?」

「売っちゃうかもしれませんね」

石野はノリノリで、背後の扉を開けて、モエとクリコを中に招じ入れた。八畳ほどの部屋に、段ボール箱が堆《うずたか》く積み上げられ、裸の石が床を覆い尽くしている。それを除けながらテーブルに座った。盆の上に湯のみと、ひと口饅頭を盛った籠が用意されている。

「どうぞお構いなく」

「やっぱり騙されましたね」

言われてみると、饅頭のひとつが半分に割れて中の餡が見えているのは、客に出すやり方ではない。きな粉をまぶした、と見えたのは、黄褐色の石だった。簡単に割れる軟らかさで、黒褐色の中身も餡の質感をしている。

「ここから車で半時間ほどのホッチ峠では、断層面にこれが露出しているんです。がけ崩れ予防でコンクリートを吹き付ける予定だったんですが、文化財保護ということで中止になりました。ところが道路沿いで、おまけに天然記念物の看板があるもので、随分と盗掘されてしまいましたよ。このあたりだと、饅頭峠も産地ですね」

「饅頭は何で出来ているんですか？」

「黒富士火山はご存じですか。もう十五万年以上前に活動を停止していますけれど、この山の火山岩が雨に溶け、有機物の影響を受けて餡になり、これに鉄の皮ができ、火山灰や砂がくっついて饅頭になるわけです」

「ちょっと食べてみたいかも」

「お腹を壊しますよ。前は『茅の石まん』といって、石の饅頭をモデルにした本物の饅頭があったんですけどね。弘法大師はご存じですか？」

「はい？」

「弘法大師が峠の茶屋で饅頭を所望されたのですが、茶屋の婆さんが因業で、この饅頭は石だから食べられない、と断ったのです。大師さまが去ってみると、茶屋の饅頭はすべて石に変わっていたといいます。ところで、食べられる石に興味がおありのようですね。これなど、いかがでしょうか」

石野はボール紙の小箱を開けて二人の前に置いた。

「蠟《ろう》ですか？」

「これで石なんですよ」

石野は指先で押した。指の弾力をそのものは難なく受け入れた。

「石麪《せきめん》の一種と言われています。加賀の国の村で大飢饉に苦しむ人々が、氏神に祈りを捧げたところ、空が曇って、雨の代わりにこれが降ったそうです」

「軟らかくて、良かったですね。固かったら死傷者が出ますもん」

「歯がなくても嚙めて、つるっと飲み込めます。味は甘くて風味豊かと言われています。自己責任で試してみますか？」

二人が答えるのを待たずに、彼は箱の蓋を閉めた。

「別の村でも飢饉の時に、石から白米粉のようなものが湧いて命が助かった、という話があるのですが、それはまだ発見に至っていません。ちょっと面白いものをお見せしましょう。これは月の糞です」

一二センチほどの、乳白色の細長い螺旋《らせん》だった。

「巻貝の貝殻が溶けて、中に詰まっていた成分がオパールや瑪瑙に成ったものです。岐阜県の月《つき》吉《よし》に多く出ました」

「月の糞というネーミングセンスがイケてますね。おまけに月吉」

クリコは月の糞を撫でている。

「饅頭石や月の糞は、うちでなければ富士宮の『奇石博物館』にも展示されています。江戸時代に木内石亭という石マニアが『雲根志』を上梓しました。珍しい石の百科事典のようなものです。『雲根』は中国語で石のことです。地質は地形に影響を与え、地形は雲に影響を与える。石は雲の根っこなんですね。博物館には石亭のコーナーがありますが、実はうちのほうがモノは持っているんです。これも最近手に入れました」

小箱に入っている小石は、どこにでもあるような花崗岩を磨いたと見える。

「手にとって握ってみてください」

まずはモエが、続いてクリコが握って、互いに顔を見合わせた。

「軽くて、軟らかくて、じわっとあったかいです」

「人肌石と言います。鎌倉産です。次のこれは綺麗ですよ」

「水晶ですか？」とモエ。

「水晶よりも澄んでいるでしょう？」

「棒状のインクルージョンがありますね」

「明るいほうにかざしてください。女の人が見えますか」

「そう言われれば、そんな気もしますが」

クリコはモエの手から石を奪い、目を細くして眺めている。

「女の子ですね。チャイナドレスかな？　こっちを見て笑ってる」

「そこまで見えるとは、石との相性がいいんでしょうね」

モエは少し悔しそうである。

「石を持つ人の精神や肉体の状態によって、石も輝いたり褪せたりするんです。これならお二人の目に同じように映るはずです」

石野が箱を開けると、モエが息を呑む気配が伝わってきた。

「蝌蚪《かと》石といいます」

「オタマジャクシじゃないんですか」とクリコ。

「蝌蚪はオタマジャクシの別名です」

モエの胸の底のオタマジャクシが、瓜二つの石と感応している。「よく出来た彫刻」というクリコの言葉に、石野は苦笑を浮かべた。

「うちにあるものは、すべて自然のままです。蝌蚪石でこれだけ完璧なものは珍しいです」

「おいくらでしょうか」とモエ。

「これは売り物ではありません」

「でも」

「お勧めしません」

蝌蚪石の持ち主は、石収集癖に歯止めが利かなくなる。オタマジャクシが持ち主の心に乗り移って、石の仲間を呼んでくる。どんなに集めても満足できずに、熱病に取り憑かれたようになり、死ぬまで心の平安は戻らない。

「こちらの蝌蚪石は、石野さんに悪さをしないんですか」

「うちは石を集めるのが商売ですから、こいつとは仲良くやってますよ。もう少し無難なものをお見せしましょう」

細長い額縁の中身は風景画である。くすんだ茶色の廃墟が、デフォルメされて描かれている。

「フィレンツェで採れる風景の石《パエジナストーン》です」

他にもシダを描いたと見える石がある。瑪瑙の断面に現れる目玉、抽象模様、中には花束を内包するものまである。

「瑪瑙は美しいだけではありません。身につけると勇気を与えられるのです」

「いわゆるパワーストーンですね」

クリコは嫌な笑い方をしたが、石野は表情を変えない。

「石の効能には千年の歴史があるんですよ」

「むしろ数千年と言うべきでは？」とクリコ。「エジプトまで遡りますもんね。文学史の授業で習いました。中世には『貴石誌』があったって。効能は身につけるだけじゃなくて、粉にして飲む方法もあったんですよね」

「さすがお嬢さん、お詳しいですね。例えばエメラルドは身に着けても、粉を飲んでも、解毒効果があると思われていました」

「飲むだなんて、もったいない」とモエ。

「ところで、奥様がお探しの品は何でしょう」

「お探し？」

「うちは水晶の球を初めて作った店なんです」

「叔母は水晶占い、出来ませんから」とクリコ。

「水晶球は眺めていると、集中力が身につきます。自我を深いところで捉えることが出来るんです。だから眺めていると、忘れたはずのことが像になって現れたりします」

ある女性は友人の手紙を間違えて破ってしまった。住所が分からないため返事が書けない。そこで水晶を眺めたところ、問題の住所が手紙のままに像となって現れた。その住所に手紙を送ると、ちゃんと返事が来た。

五分後にはモエはプチプチで包んだ水晶球の入った紙袋を右手に提げていた。一万五千九百円、専用台座付き。アメシストのドーム、二万五千三百円、は郵送してもらうことにした。モエにとって意外だったのは、クリコがモエの買い物を咎めないばかりでなく、自分でも大量の白水晶のクラスターを買い込んだことだった。「最強パワーストーン　浄化開運に是非お使いください（安くします）」とあるのを、本気で値切り、さざれ石をオマケにつけさせた。

モエとクリコには、石野の最後のひと言が忘れられない。

「こう見えて、僕だって石かも知れませんよ。人間に見える石もありますから」

笑った後の無表情は、石の風景の中に入れると似合いそうだった。

12　仙娥滝

モエとクリコは、石野の勧める仙娥滝《せんがたき》に行ってみる気になった。滞在時間三十分のはずが、「まるや」で思わぬ時間を過ごした。にもかかわらず、時計はまだ三時半を指している。「まるや」には人間時間ではなく、石の時間が流れていたと思うことにした。

売店をいくつか通り過ぎたが、店の職種に関係なく、アメシストや水晶や瑪瑙が飾ってある。崖の岩まで商品と見える。滝の入り口には売店が密集している。蕎麦屋の外付け水槽の中の岩魚が奇妙な生き物に見える。広場には何故かエイリアンが立っている。「50％ OFF」の石屋がある。茶店の名物が「食べる水晶玉」というのは、葛だろうか。布袋像《ほてい》が三色の短冊を全身にまとっている。側の木の札には「布袋の願いも三度まで」とある。百円で三枚、願いを記すことができる。

石段を降りている間もゴーと水音がした。視野が開けると岩に挟まれた滝の白い筋が滝壺で弾けている。滝壺のプルシャンブルーは岩の世界では鮮やかだった。遊歩道は頭上スレスレの岩を潜って橋へと続くが、さすがにそこから引き返した。車に乗るなり旅館に電話を入れ、到着時間が一時間遅れると告げた。帰りは岩山が夕日に染まって松の緑が黒い。

13 熔岩温泉

旅館の至近距離まで来てクリコは珍しく迷い、同じ道を二周してから、道を渡った先を左折して目的地に着いた。夜目に「熔岩温泉」の赤い文字がルビーのごとく輝いている。二階の部屋へ案内された。赤い絨毯《じゅうたん》に白い壁。喫茶店によくあるタイプの洋風のドア。開けると畳で、部屋いっぱいに布団が敷いてある。

富士山の溶岩を敷き詰め、富士山の湧き水を沸かした湯に入る。浴場のドアの上には、湯の効能を謳った張り紙が出ている。湯は「富士山の噴火の際に発生した　ラヂューム　ストロンチューム　ゲルマニューム　等を含有した完全なミネラルウォーター」だそうである。横の壁には「溶岩温泉の由来」が掲げてある。「龍神様のご加護」があって、「太陽の化身」である先生と出会い、「太陽様」こと先生が土地の霊を供養してくれた。岩石は「空石」となり、湧き水は「天宝水」となった。太陽様の写真もあり、白い髭の柔和そうな老人である。

食事はこれまた溶岩をプレートにした鉄板焼きならぬ溶岩焼きだった。久しぶりの肉を、二人は物も言わずに食らった。モエは早々に寝息を立てたが、クリコはホテルのカウンターに積み上げてあった『職場の教養』という小冊子の今月号を読んだ。すべての漢字にルビが振ってある。毎日の教訓が書いてあり、二十二日の「誠意を伝える」で眠りに落ちた。

翌日二人は黒地に赤富士のパッケージの溶岩石鹸を土産に買い、「溶岩マリモ」のオマケを貰って帰路に着いた。

14 魔法の指輪

日曜日のマリアンヌは、クリコの土産の白水晶を飽かず眺めている。

「旅はいいですね。わたくしのようにベッドに括りつけられてしまうと、昔の思い出だけになってしまいます」

「括りつけられて」のところで娘のエリは、何とも言えない表情になった。老いを背負いかねる母が、哀れであり、重たくもある。

「あれを持ってきて頂戴」

象嵌の木箱が現れた。ひとしきり迷ってから、ひとつのティッシュの塊を取り出した。解くと楕円形の指輪が出てきた。金の台に、一ミリほどのダイヤとルビーがみっしりと嵌め込まれている。時折、同じ大きさの真珠が、不規則に混じっている。

「抜け落ちた跡を、真珠で塞いだのよ」

ダイヤもルビーも時間の経過で薄く曇っている。新しいものを足すとむしろ目立つ、と判断して、あえて真珠を選んだ。

「安くあげた、ともいえるわね」

マリアンヌは薄く笑って、指輪を嵌めた指を前にかざして見せた。

「今日は若いお嬢さんには不向きかもしれませんが、ちょっと大人のお話をしましょう」

宝石商でハンス・カルヴェルという男があった。気さくで陽気だが、常識をわきまえた人物であり、勤勉な仕事ぶりで店を構えた。ようやく嫁を娶《めと》るつもりになってみると、すでに髪は薄く、腹が突き出ていた。

もらった嫁は小鹿のような若い女で、その濡れた瞳で見つめられた男たちは、自分に都合の良いように誤解してしまうのだった。

カルヴェルは最初のうちこそ妻が自慢で、華奢《きやしや》な胴に腕をまわし、どこへでも同伴した。そのうち、妻の思わせぶりな眼差しが周囲に及ぼす効果を見て取ると、酸のような嫉妬がじわじわと彼の胸を焼き始めた。

それからの彼には、心の休まる暇がない。妻が店の使用人に目配せをしたのではないか。近所の若者に挨拶をするときの上目遣いに、情がこもりすぎている。顧客に見せる微笑みが、夫に対するときよりも愛嬌にあふれている。

コキュというのは寝取られ男のことで、カルヴェルもそのような身の上にだけはなりたくなかった。かといって本心を妻に明かせば、軽蔑され、軽く見られて、むしろ彼女を他の男たちのほうへ突き出すことになる。

カルヴェルは人付き合いを嫌うようになり、信心に急にのめり込んだ。週末ごとに妻と出かける先は教会で、それなりの喜捨をし、神父の説教をありがたく拝聴する。家でも身を持ち崩した女の陥る不幸について、諄々《じゅんじゅん》と妻に説き聞かせた。商売もののサファイアをネックレスにして掛けさせた。

「なぜサファイアなんですか」、モエが口を挟んだ。

「サファイアには情欲を鎮める効能がある、と考えられていました」

ネックレスは妻の白い胸元をいっそう際立たせただけで終わった。

ある夜、軽い寝息を立てる妻の隣で、宝石商は天井を眺めてまんじりともしなかったが、そのうち苦しい眠りに入った。夢に現れた悪魔に、夫は胸の内を打ち明けた。「よくあることです」と悪魔。「この事態を、あなたにとって受け入れやすいものにしてあげましょう」

悪魔はポケットから一つの指輪を取り出して見せた。深紅のルビーを、オニキスの黒が取り巻いている。かざして見せると、妖《あや》しく濡れた輝きを放った。指輪を悪魔はカルヴェルの中指に嵌めた。これが指にある限り、妻が他の男の腕に抱かれることは決してないだろう。

カルヴェルは教会で見せたこともないほどの恭《うやうや》しさで悪魔に礼をして、そこで目覚めた。彼の指は、妻の一番大切な部分に深々と刺さっていたという。

クリコは「ラブレーですね」の一言を呑み込んだ。

「マダム、このお話には教訓があるのですか？」とモエ。

「執着してはいけないのかもしれません。わたくしに残されたのは命への執着だけですが」

その夜からモエは、指輪への執着を癒してくれる指輪、について考えるともなく考えるようになった。

15　トチ中野のお話会

「みなさま、今日はお石のパワーをお分けさせていただきますね。水晶にも色々ありますが、こちらは本場山梨から取り寄せた白水晶となります。こちらにいらっしゃるのがストーンクリエイターのクリコさんです。今、テーブルに飾られているのが彼女の作品です。右側が『さざれ石ごはん』、左側が『夢みるクリスタル』です。クリコさん、説明していただけるかしら？」

「トチ先生にご紹介に預かりましたクリコです。さざれ石はこれが本物なんですよ。お米に見立てて盛ってみました。お米の一粒一粒には神様が宿っていると言います。輝く石で、お米のブリリアントな尊さを表現してみました。次は水晶玉ですが、透き通った素材に蔦を絡め、薔薇をあしらって、石と植物のコラボになっています」

「クリコさんが今回は特別に山梨から最高級の白水晶を届けて下さいました。これを身につけていれば性格が積極的になり、直観力がアップし、やる気が出ます。水晶は基本のお石ですから、どなたにも合うし、金運、健康、恋愛、昇進、何にでも効くのです。家を浄化し、邪気を祓《はら》うには、もうひと工夫が必要です。この『魂の音叉』で水晶を叩くと、天上のエネルギーが音となってその場に満ちます。

ここでもう一人のゲストをご紹介させて下さいね。演歌歌手の港千鳥さんです。彼女の新曲、『神かけて横浜』を音叉のBGMにすると、空気の清浄度が一段と高くなります。港さんのクリスタル・ヴォイスを皆さんにお届けしましょう。港さん、張り切ってどうぞ」

「♬あなたと逢った中華街　辛《から》かったわね　マーボー

喧嘩別れの山下町　大さん橋で泣いた夜

野毛であなたに誓ったわ　神かけてあなただけ

神かけて横浜（略）」

「今日は水晶一本で五千円。音叉が三千五百円。CDで千円。全部購入された場合は七千五百円とさせていただきます。もちろん港さんのサイン付きです」

16　ミダス王について

「あなた、トチさんのところでひと儲けしたらしいじゃないの」

「黙秘権、発動」

「ストーンクリエイターですって？」

「トチさんの思いつきだから」

「私のほうが石好きなのに」

「買うばっかりで、売るという発想がないじゃないの」

「旅費、誰が出したんだっけ？」

「運転、誰がしたんだっけ？」

「ところで」とモエ。「見てもらいたいものがあるの」

百均にあるような宝石箱を取り出して見せた。

「ミントガーネットって言うのよ」

指輪の石は、UVライトで緑がピンクに変化する。実際にペン型のライトを当ててみた。ほう、とクリコは唸った。

「高かったでしょ」

「そうでもないの」

「言っちゃいなさいよ」

「黙秘権、発動」

元町の新山下寄りのビルの二階に、その店はある。フロアの一角にショーケースを並べただけで派手さはない。モエは冷やかしでパライバトルマリンを見せてもらった。

「パライバは、最初はたかがトルマリンと思ったもんですが、やはり人気ですね」

複数の鉱山主が麻薬の密売で服役中のため、ますます入手が困難になっている。うちは押し売りはしない、遊びに来てくれればいい、という店主の言葉を信じ、その日はそのまま帰った。

次には買える価格帯のものをあれこれ試した。同じ緑だが、スフェーンは鈍く、ミントガーネットは鋭い。胸の底のオタマジャクシは両方に反応した。二つの緑が脳内で戦ったが、日を改めて訪ねた店では、迷わず輝く緑を選んだ。

店主は若いころ御徒町《おかちまち》で修業をしていた。客がショーウィンドーで気に入った品を指すと、店の奥から在庫を持ってくる。目の利かなそうな老婦人の場合、数点ある在庫の中で最も不出来なものを摑ませる。そのやり方が嫌だった、と顔をしかめる。

「ご主人は去年、四日間高熱を出したんですって」

その四日間以外は、石のことばかり考えて暮らしている。つい石に手を出してしまうモエを、いい趣味だからと励ましてくれた。

「ルビーは太陽、エメラルドは森。身につけると、ドキドキして、世界が美しく見えるのです。生きていてよかった、と素直に喜べます。気持ちひとつで暮らしは変わるのですから、石なんて、罪のない娯楽ですよ」

ガーネットは二割引にしてくれたが、同じ店のネットショップでは元からその値段であると、モエには分かっていた。

また店主と話してみたいが、安易に「遊びに」行ってはいけない、と自らを律している。

「買えば買うほど欲しくなるんでしょ？　泉のほとりで喉が渇いて私は死ぬ」

「なに、それ？」

「フランスの古い詩。宝石の泉に手を浸しながら、叔母ちゃんは渇いている」

「そういえば、そんな王様の話があったよね？」

ミダス王は触れるものがすべて金になるように、と神に祈った。彼の願いは聞き届けられたが、食べ物さえ金となってみると、早々に王は飢えた。自分はミダス王なのかと、モエは自問した。胸の底のオタマジャクシが不穏な跳ね方をした。

その時電話が鳴った。

「お母さん？」

行きつけのスポーツクラブを止めようかと思う。

「運動は、続けたほうがいいんじゃない？」

最近、更衣室やプールで「大」が問題になっている。雲根ではなく雲古の話だ。ジャグジーでプカプカの犯人は特定されている。彼女が入ると、スタッフがネットを手にスタンバイする。

「オムツ使用者はプール等の利用を控えてくださいって、手紙が来たわ。自分じゃなくても嫌な感じがするものよ」

逆にオムツ使用者の会員がいるのかとモエは驚いた。

「むしゃくしゃするから、また買っちゃった」

「今度は何？」

トルコの絨毯《じゅうたん》一枚で、ミントガーネットは何個買えるだろうか。その場にへたり込むモエに、クリコは水晶玉を差し出した。受け取った掌の冷たさが心に届いた。石の目を持ちたい、と思う。

第三話　河童とマサイ

1　シトリン

マリアンヌの青い部屋を、モエは愛し始めていた。彼女の痩せた横顔が枕に沈み込んでいるのが、華奢《きやしや》な蠟《ろう》人形に見える。

マリアンヌは、少し食べて、時折シトリン色の小水を出す。手間のかからない観葉植物の世話をしているような気分にモエはなる。

「シトリンって何よ」とクリコ。

いったん開きかけた口を閉じて、モエは立ち上がり、簞笥《たんす》から細長い臙脂《えんじ》色の箱を取り出してきた。箱を開けると、金鎖の先にマーキスカットの宝石が一粒。薄い琥珀《こはく》色に輝いている。

「また買っちゃったの？　幾ら？」

「四万円だけど、マツヤは永遠の一割引だから三万六千円。値段の割にゴージャスでしょ」

「付けて行くところ、あるの？」

「これなら地味めだから、仕事先でも大丈夫」

モエの宝石熱は収まったようでいて、続いていた。指輪をいくつか集めてから気がついた。ヘルパーの指先には用のないものだ。寝る前に布団の枕元に箱を並べ、ピンクや緑の輝きを飽かず眺める。ベッドライトに浮かび上がるモエの微笑みが不気味だと、クリコは顔をしかめる。

新品のペンダントをマリアンヌのところに付けて行った。動作のついでに胸元に手が行く。

「綺麗ね。トパーズかしら」

「安物ですわ、シトリンです」

いかなる場面でもマリアンヌの言葉遣いは丁寧で、つられて自分も上品になったような気がするのもモエには嬉しかった。

「ピピをお願い」

大はカカで、小はピピ。たまに混じるフランス語にも慣れた。ベッドから傍のポータブルトイレへ、マリアンヌはモエの首に両腕を巻きつけて、されるがままになっている。時には顔をしかめて、前のヘルパーは動作が荒かったと強い口調になる。モエは思わず「すみません」と前任者の分も謝るのだった。

介護する側とされる側の息が合わないと、双方にとって辛いことになる。神経質なマリアンヌが何故モエを受け入れたかは、不明だ。モエは他所《よそ》で苦戦を強いられることもあっただけに、マリアンヌの上機嫌が有難かった。

最近も島田のおじいちゃんをしくじっていた。問題の日、モエは濡れたハンカチを頬に当てて帰宅した。

「どうしたの」とクリコ。

モエは黙ってハンカチを取った。手のひらの跡が赤く残っている。

「島田さんが便秘で苦しがるから、摘便してあげたのよ」

本来は看護師に任せるべき作業だが、そのために病院へ行く体力が惜しい、とモエは考えた。ビニールの手袋の、人差し指にワセリンを塗り、肛門に挿入した。指の先が塊を探り当てた。指を鉤型《かぎがた》にして掘った。次々とセピア色の破片がオムツの上に落ちて行った。安心感もあり、指を一層奥へと突っ込んだ瞬間のことだった。

「痛いじゃないか！」

老人とは思えない力が頬の上で炸裂し、モエは思わず尻餅をついた。モエが所属する介護事業所の「スマイル光」に、その日のうちに島田家から解雇要求の電話が入った。

「余計なことをして。何かあったらどう責任を取るつもりなの」

社長のトチ中野は険しい声を出した。モエがトチのダーリンに色目を使って以来、モエとトチのやり取りは最低限になっている。しかしその日はトチの怒りが収まらなかった。

「あなた一人の問題じゃないのよ。事業所全体の評判に関わってくるんだからね。分かってるの？」

「私に辞めろと？」

「うちでやっていけないなら、どこに行っても使い物にならないでしょうね」

トチがそれでもモエを離したがらなかったのは、彼女がある種の難物を得意としたからだ。たとえば中田老人。軽度のパーキンソン病で、家の中でも杖を放さない。茶を出せばぬるい、食事を出せば飯が硬い。そう口に出す前に、杖が先に出る。相手に体力がないとはいえ、杖で殴られるのは恐怖と同時に屈辱の体験だった。

「お前らヘルパーは、わしら年寄りのおかげで食えとるんやで」

最後は屁理屈で、謝ることを知らない。ふだんは独居だが、たまに姪が訪ねてくる。

「困ったお爺ちゃんでしょ、ご迷惑かけてるんじゃないかしら」

一瞬黙ってからモエは作り笑いをした。

「中田さんは、いつもお元気でいらっしゃいます。私のほうが元気をいただいています」

姪は小柄な体を一層小さくして、恐れ入っていた。

会社勤めの経験からすれば、人間関係自体は面倒というほどのものでもない。尿や便や反吐《へど》は慣れるもので、家に戻れば輝く石たちが目から曇りを洗い流してくれる。胸のシトリンも、手に取って愛でるのは帰宅後になる。シトリンの尿と、瑪瑙《めのう》の便。石の人間を想像すると慰めになった。

2 ジャン＝ピエール

日曜午後のマリアンヌ宅は、娘のエリにクリコも加わって、仮初めの団欒《だんらん》となる。マリアンヌの無聊《ぶりょう》をクリコがフランス語で慰めている間は、エリにとっては束の間の休息らしく、時折頭がかくんと前に落ちる。

「課長さん、お忙しいのね」

モエは濃いめのコーヒーをエリの前に置く。彼女は「名札を作る会社」で初の女性管理職だった。働くことで介護から逃げている、というエリの思い込みは、彼女の柔らかな物腰に重苦しい翳《かげ》を落としていた。

フランス語から日本語に戻ったクリコが、その日はエリに話しかけるつもりになった。

「私がマリアンヌさんにフランス語でお話ししてお金を頂くって、考えてみるとおかしくないですか？　エリさんが喋ればいいのに」

モエは許されるならば、クリコの口にガムテープを貼りたかった。その家にはその家の事情がある。虚を衝かれたエリの口元に、苦笑が浮かんだ。

「私、フランス語は不調法で。勉強しておけばよかったんでしょうけど」

「そうよ、勉強しておくべきだったのよ」

　マリアンヌの声には棘があった。

「だってママン、うちではずっと日本語だったじゃない」

「お父さんへの遠慮がありましたから」

「私をリセ・フランセに入れるっていう発想はなかったの？」

「わたくしは二つの国の間で苦しみました。戦争中は非国民と呼ばれたものです。わたくしは鼻がこれで目の色が薄い。それだけで子供たちから石をぶつけられました。わたくしの母はもっと可哀想。日本語が正確ではありませんでしたから」

「そんな昔に」とクリコが割って入った。「フランスからお嫁さんを連れて帰ったなんてすごいですね。お父さんはイケメンだったんでしょ」

「この子が」とマリアンヌはエリを指した。「わたくしの父に似ています」

　エリは顔の輪郭が日本人で、目鼻に少し西欧が残る。クリコはどう納得したら良いものか分かりかねて口を閉じた。

「もうマダムはお疲れですよ」

　モエはマリアンヌの目の周りの赤みは疲労のしるし、と知っている。その日は珍しくマリアンヌが抗《あらが》った。

「この手紙を」とテーブルの上を指した。「クリコさんに読んでいただきたいの。父の勤めていた大学の事務局から送られてきました。わたくしの目では無理です」

　プリントアウトされた一枚は、最初が奇妙な日本語だった。

〈誰かがこのメールの領収書を認めてもらえますか？　このメールを宮野先生の娘マリアンヌに転送することは可能ですか？　彼女に電子メールで私に連絡するように教えてください。前もってありがとうございます。〉

　その後にフランス語の本文が来る。

　差出人はジャン＝ピエール・リゴロ。マリアンヌの母の旧姓がリゴロだった。クリコは時折つまずきながら読み上げ、日本語の訳も付けていった。

〈親愛なるマダム、突然のお手紙を差し上げることをお許しください。私、ジャン＝ピエールはあなたの母の兄弟の孫です。いわゆる「いとこ」です。（フランス語では遠縁の親戚をまとめて「いとこ」と称する、とクリコの解説が入った。）

　お会いしたことはありませんが、幸いあなたのお父様が勤めていた日本の大学とコンタクトを取ることができました。私はリゴロ家の家系図を作っています。日本のブランチに大いに興味があります。このメールに返信いただけると大変嬉しいです。敬意を込めて〉

　マリアンヌの頬が一層赤らんだのは、良い意味での興奮なのだとモエは思った。

「フランスと音沙汰なしになって随分と経ちます。是非お返事しなくては」

「ママンがフランス語で、クリコさんに口述筆記をお願いすればいいじゃないの？」

エリはノートパソコンを持参し、クリコに手渡した。彼女は打ちながら、その場にいる全員のために日本語を添えることを忘れなかった。

〈親愛なるジャン＝ピエール、メールをありがとうございます。そのメールは私の心に、今は遠いフランスへの想いを掻き立てました。私はもう九十歳で、メールは無理ですが、エリという娘が居ます。彼女はフランス語は出来ませんが、英語なら大丈夫です。よければ、エリにコンタクトを取ってあげてください。親愛なる情を込めて〉

聞き耳を立てていたエリの口元がへの字になった。仕事のメールで手一杯なのに、見知らぬ親戚まで背負いこむのは嫌だ、と顔に書いてある。

「家系図を教えてもらうといいわ。あなたは自分のルーツに無頓着すぎます」

「マダムはお疲れですよ。少し休んでいただかないと」

何か言いかけたエリを、モエが遮った。こうして無駄な親子喧嘩がひとつ回避された。

3　角打ち

モエとエリには共通の趣味がある。銭湯の後の角打《かくう》ちがそれだ。立ち飲みはスタンダップ居酒屋だが、角打ちは酒屋の一角で缶詰などを肴《さかな》に商品を飲む。一昔前には男の世界で、今はカップルや単体の女性も見かけるようになった。

山手の鈴木宅から坂を降りてしばらく歩くと、埃っぽい商店街になる。老舗《しにせ》の銭湯は、格天《ごうてん》井《じょう》の本格派である。その近所の角打ちは、昭和の酒屋そのままで、磨き込まれた木のカウンターに客が並ぶ。二杯目のにごり酒に取り掛かっていたエリが、ビールを注文した女の客に目をやるとモエだった。モエはエリに、嬉しそうな笑顔を向けた。

「山手のお嬢さんが、こんなところで飲んでていいんですか」

「こんなところで悪かったね」

後期高齢者の、店の看板娘が、モエの前に瓶を置いた。

それ以来、二人は示し合わせてたまに割り勘で飲むようになった。

その日のエリは愚痴が止まらない。

「ジャン＝ピエールとか、意味分からないし」

「鯖缶、いいかしら」

「じゃあ、アスパラ缶も」

「私のこの顔で、フランス語が出来ないって変かな」

「大丈夫ですよ。お母さんほど顔、濃くないですし。それに英語が得意じゃないですか」

「所詮日本人英語だけどね」

幼い頃は奇妙な家庭だった、とエリは遠くを見る目になった。父の鈴木は典型的なサラリーマンで、ビールに枝豆で新聞を読みながら巨人戦を見ていた。マリアンヌは割烹着で、次々と肴をテーブルに並べる。きんぴらごぼう、肉じゃが、白和え。母は無理をしている、と幼いエリは思った。マリアンヌの努力を、鈴木はあっさり無視している。空気のように扱われることで、むしろ彼女は自分を保てたのかもしれない。

「どういうこと？」とモエ。

祖父の宮野と祖母シルヴィーは大恋愛だったが、祖母は最後まで日本に馴染めなかった。

「うちの母はシルヴィーを反面教師にしたのね」

エリからすれば、マリアンヌは日本に「過剰適応」していた。母シルヴィーとの会話がフランス語だったマリアンヌは、二十歳になって程なく母を亡くした。以来、自らの内なるフランス語を封印した。父の宮野がフランス語で話しかけても、日本語で返した。父との暮らしに閉じこもって、行き遅れと呼ばれる年齢になってから、何度か見合いをした。

片親で、亡くした親が外国人というのは、難しいケースなのだと面と向かって言われた。断られたり断ったりの末、一番凡庸な男を選んだマリアンヌに、宮野は言葉もなかった。

ようやく授かった娘には「エリ」と無難な名前がついた。

「小さい時は友だちに言われたわ。エリちゃんちのママは目が青いって」

「青じゃないですよね？」

「グレーかな。子供の目にも周りと違うのが分かるから、それを青と表現したんでしょうね」

これもエリが幼い頃だが、一度だけ、フランスの親戚がマリアンヌを訪ねて来たことがある。

似た顔の二人が、鳥のさえずりのような、奇妙な言葉で声高に喋っている。急に母が他人になったようで、恐ろしかった。

「一家でフランスと行ったり来たりじゃなかったんですか」とモエ。

「日本人と結婚したことで、シルヴィーは実家と疎遠になったの」

「それで分かったわ」、レモンサワーを啜《すす》りながらモエが頷《うなず》いた。「マリアンヌさんのフランス語は古風だってクリコが言ってました」

「そうでしょうね。母の中では二十歳で時間が止まっているの」

夫の鈴木を亡くしたとたん、マリアンヌの中にフランスが戻って来た。自分の母親が、別人のような表情を浮かべ、自分の理解できない言語で独りごとを言うようになって、エリは戸惑っている。

「マリアンヌさんは、旦那さんを愛していたんですね」

「私だって父を愛してた。縁の薄い親子だと思ってたけど、亡くなってみると分かるものね」

モエのレモンサワーとエリのバイスサワーがほぼ同時に空となり、お開きになった。

4　親愛なるエリ

クリコはジャン＝ピエールへのメールに、エリのアドレスを添えておいた。さっそくエリに返事が来た。「親愛なるいとこ」の部分だけ日本語で、本文は英語である。稚拙な英語で申し訳ない、と流暢な英語で認《したた》めてある。日本の桜はさぞや美しかろう、という箇所でエリは眉をひそめた。近い将来、日本観光に付き合わされそうな予感がする。仕事とマリアンヌで手一杯の上に、ツアーコンダクターをやりこなす自信がない。そんな本音とは裏腹に、メール以外にもラメの花びらが散る桜のカードを彼に送ってしまうのだった。

メールの長さは語学力に比例する。彼のものは長く、エリのものは短い。何度か無難なやり取りがあり、やがて小包が送られて来た。

手紙に同封されていたのは漫画の『タンタン』だった。あとは書類と、自作の家系図。A3の三枚を繋げると、リゴロ家の概観が明らかになる。

エリの名前の横に印がつけてあった。知らない名前が枝葉のように分かれていった先端に、自分を見つけるのは奇妙な気分だった。自分で枝分かれが止まっている、すなわち夫も子供もいない。可視化されてみると、自分が人類の義務を怠ったような気がしてくる。

家系図の右下の部分に、縦線が三本、横線が一本の記号のようなものが描いてある。手紙の最後にも同じ記号を見つけて、それがジャン＝ピエールのサインと納得した。家系図は彼にとっては署名に値する作品なのだろう。手紙の読後はいっそうその思いを強めた。

〈親愛なるエリ、手紙は手書きが礼儀に適《かな》っていると知りつつも、パソコンで打たせてもらうよ。何十年となくパソコンを使ってきたせいで、手書きの文字はほとんど判読不可能の状態なんだ。

それに……スペルの心配をせずに済むからね。歳に免じて、というのも僕は七十八歳を過ぎているので、お許しのほどを。

そろそろ本題に入ろう。

一年ちょっと前から、僕は現存するリゴロ家の家系図を完成させようと決意した。その家系図はジョルジュ・リゴロ神父が作り、同じく神父でリゴロ家につながるエチエンヌ・ソーニエが補完したものだ。

歳を取ると、そうした類のことに興味が出るものなんだよ。自分のルーツが気になり、家族の歴史に目が行き、それぞれの人物について思いを巡らせるんだ。

僕が家系図に向き合うようになった理由は、もう一つある。今から三年前に、妻と私は四人の子供のうちの一人を、この上なく悲惨なやり方で失った。娘のアメリーは、医者に診てもらうのが遅れたために、長々と苦しんだ挙句、自らの手で生涯を閉じた。僕たちは彼女のことを充分に支えきれなかった。それ以来、僕は人生観がガラリと変わってしまった。家系図の探求は、僕の苦しみを少しは和らげてくれているんだ。

リゴロ家に日本ブランチが存在したと分かった時は、急に目の前が開けたような気がしたよ。マリアンヌが存命で、おまけに君がいてくれる。これからは鈴木や宮野の系譜を辿っていかねばならないだろう。

ところで君はいとこのカトリーヌを知っているかい？　彼女の母が僕の父の姉なんだ。彼女は家系については僕より詳しい。ずっと年上なのに記憶力抜群で、自分の母親から聞いたことをメモに取ってある。カトリーヌは僕の計画を熱心に支持してくれている。

同封の家系図は僕の「データベース」の一端で、省略が多いし間違いもあるだろう。書類のほうは日々厚さを増しているよ。家族の誰彼が書いた本も集めている。資料が多過ぎて、お手上げだよ。もう千人以上の身元を特定したんだ！　出生や死亡の記録から始めて、各人について、できる限りの情報を蒐集する。心躍る作業だよ。

同封した『タンタン』はリゴロ家発祥の地、中部フランスに旅行した時に見つけたんだ。標準フランス語を、わざわざ方言に訳し直してあるから、分かりにくいかもしれないが、マリアンヌに読んでもらいなさい。

僕はエンジニア畑を歩いてきたが、それはより易しい道を選んだだけのことで、文学や音楽、美術には強い関心を抱いている。君の祖父の宮野教授とは話が合ったはずだ。日本語が出来なくて本当に残念だよ。

これ以上長くなると君はウンザリだろうから、これくらいにしておこう。僕の願いはただひとつ、君と直接会って、家族の写真を眺めながら、あれこれ話をしてみたい。これには二つの可能性がある。その一、僕が横浜へ行く。その二、君がフランスに来る。カトリーヌも君と会いたがっているが、彼女には日本への長いフライトはもう無理だ。

もしも君が数日間フランスに来る気になったら、パリにはカトリーヌのアパルトマンがあるし、カンヌには僕の家があるから、宿の心配はいらない。カトリーヌと僕は、君に航空券をプレゼントするのにやぶさかではない。だからといって君を独占するつもりはないから、旅の予定は自由にしてくれていいんだよ。

こんなことを書いて驚いたかもしれないが、嬉しい驚きであることを祈る。返事をくれる時間が、君にあることを願いつつ。〉

5 マリアンヌの部屋

読み終わったエリは、ジャン＝ピエールの怒濤の善意に、すぐには反応できなかった。忙しさを理由に、数日をやり過ごしてみると、彼の手紙は重たくのしかかって来た。

学生時代のエリなら、タダの航空券を握りしめて、コート・ダジュールに駆けつけ、喜んで人の家に厄介になっただろう。そういう素直さというか、ある種の蛮勇を、彼女が失ってから随分と経つ。

ようやく書き上げたジャン＝ピエールへの礼状は短かった。フランス行きに関しては、マリアンヌの体調が落ち着くまで時間が欲しい、と答えを濁した。

次の日曜日、エリは実家に『タンタン』と例の手紙を持参した。漫画と虫眼鏡をマリアンヌに差し出したが、一瞥《いちべつ》するなり「わからない」と投げ出してしまった。クリコも首を横に振った。

「ジャン＝ピエールの手紙を、読んで頂戴」

「長いんだけど」

「大丈夫。読んで」

亡くなったアメリーのくだりで、マリアンヌの瞳に大粒の涙が浮かんだ。その涙が流れ落ちる頃には、マリアンヌは寝息を立てていた。エリが緩慢な動作で荷物をまとめ、立ち上がったところで声がかかった。

「手紙の続きは？」

エリはため息とともに再び腰を下ろした。書類蒐集の話はマリアンヌの瞼《まぶた》を再び重くしたが、エリにフランス行きを勧めるところで頬に赤みがさした。

——Ah, Jean-Pierre, tu es un ange!

「ジャン＝ピエール、あなたは天使よ、とおっしゃっています」

クリコがマリアンヌのフランス語の呟《つぶや》きをいくつか訳したところで、マリアンヌの視線がエリを捉え、日本語に戻った。

「エリ、行くんでしょうね」

「会社、休めないし」

エリはしばらく有休を取っていない。実は三連休に有休を足して、一週間の休みを取ろうと計画していた。箱根、湯河原で二泊、草津、伊香保で二泊。残りの時間はマリアンヌの傍らで過ごす。旅館の目処《めど》も付けていたが、マリアンヌには言い出しかねていた。車椅子の移動でさえ不自由な母を置いて、一人で温泉三昧は、罪深い行為と思われた。その罪悪感が裏返ったところで行動を起こすのがエリのパターンだった。

「ママンを置いてフランスなんて、行けないわよ」

「わたくしのことは気にしないで。わたくしの代わりに、あなたに行ってもらうのだから」

航空券は自分が払う、とマリアンヌは言い出した。

「そういう問題じゃないの。一週間も留守にして、ママンに何かあったらどうするの」

「わたくしは元気ですよ。一緒に付いていきたいくらい」

そこにクリコが割って入った。

「私が代わりに行きましょうか」

モエの視線に、クリコは「残念」と呟き、しばらくスマホを弄《いじ》っていた。

「帰りの便を直前に変えられるチケットがあるみたいですよ。少々高くなりますけど、イザという時にすぐ帰れますよ」

「それならわたくしも安心です」

「私が今、スマホでエリさんのチケット、予約しちゃいましょうか」

エリは温泉旅行の初日になるはずだった日付を告げた。

「もっと盛り上がりましょうよ、フランスですよ」

「私、言葉が出来ないし」

「ジャン＝ピエールさん、英語が得意じゃないですか」

「フランス人は英語で話しかけると無視するんでしょ？」

「今は違います。英語オッケーです」

クリコはあっという間に希望する日程でエリのチケットの予約を済ませた。クリコのVサインに、マリアンヌが弱々しいVで応えた。

6　カトリーヌの部屋

エリがフランス行きを告げると、ジャン＝ピエールから熱烈な返事が返ってきた。最後に日本語で「あなたを抱きしめます」とあるのは、グーグル翻訳くさかった。

往復の航空券はエリが持つ。最初の一泊はパリのホテルをエリが取った。ジャン＝ピエールはカンヌの郊外に住んでいる。最初は自宅を考えていたが、ホテルのほうが気楽だろうと、五泊分の予約を入れてくれていた。

仕事から帰ってトランクを詰めたら半分徹夜になった。それでも機内のエリはワインで余計に目が冴えて一睡もできなかった。パリのホテルは正方形に近いダブルベッドが面積の九割を占領していた。エリの身長でも斜めに寝ないと足が突き出てしまう。いったん横になったら起き上がれなかった。

翌朝、まどろんでは天井を眺めることを繰り返しているうちに、昼が近づいてきた。カトリーヌのアパルトマンは16区のお屋敷街にある。ジャン＝ピエールとは現地で落ち合い、三人で昼食の後は、二人して夕方の便でニースまで移動する。空港にはジャン＝ピエールの妻、コリーヌが車で待っていてくれるはずだった。

見上げる空の青に軽い眩暈《めまい》を感じながら、地図を片手に落ち葉を踏みしだいて行った。約束の時間より早めに着き、教えられた暗証コードを入力すると、中庭に続く扉が開いた。コの字形の建物のどこがカトリーヌ宅なのか分からない。中庭の黄金色の落ち葉を季節の祭りのようだと思いながら、カトリーヌに電話を入れた。弾む声は訛りの強い英語だった。エリを迎えに来てくれることになった。

白いセーターと赤いスカートの小柄な女性が駆けてきた。とても一九三二年生まれには見えない。

「エリね？」

ハグして頬と頬を触れ合わせた。木の扉が付いた年代物のエレベーターで三階に昇ってすぐの扉がカトリーヌ宅だった。

一人には広過ぎる面積が幾部屋かに分かれている。亡くなった夫の甲斐性で手に入った家は、子供が独立した後もその若さが留《とど》まっているような明るさがある。急ぎ足で見せてくれながら、

「うちに泊まればよかったのに」と付け加えた。親戚やその友人が気楽に泊まって行くらしい。ひとつの部屋にはドラムセットが置いてあった。

「どなたのですか?」

「私が叩くのよ」

ソファに落ち着いたところでチャイムが鳴った。ジャン＝ピエールだった。背は高く横幅もある。顔立ちは端整だが、輪郭はジャガイモだった。ハグすると、ぬいぐるみのクマに抱きしめられたような感じがした。

カトリーヌが冷蔵庫から取り出したシャンパンをジャン＝ピエールが開けて、乾杯となった。豆やスナックの小皿を回しながら、結構なスピードで飲んでいく。

「僕はあまり飲まないんだ」

しかし彼のシャンパンはもう三杯目である。カトリーヌは製本したリゴロ氏の法学博士論文を見せてくれた。『アメリカにおける女性の地位について』だった。

「どのリゴロさんなんですか?」

「うちのお母さんのお祖父さんのいとこよ」

二人はエリのことを考えて英語で話してくれる。ジャン＝ピエールはアメリカでビジネス経験があり、カトリーヌは外国人にフランス語を教えていた。だが興奮すると早口になり、口を挟みにくい。おまけに話題にのぼっているのは彼女の知らないリゴロ家のメンバーについてだった。

シャンパンが空になったところで近くのレストランに移った。

「気楽な店だけど、歴史的建造物なのよ」

店の壁にはプレートがあり、薄暗い店内には壁という壁に絵がかかっている。

エリの目の前に巨大な骨が運ばれてきた。二本に折られた中身の髄を食べる。透明なゼリーに黒っぽいソースが掛かったのを掬《すく》って口に運ぶ。「コラーゲンぷるぷる」とテレビの食レポなら表現するところだ。ソースの濃いめの塩味が、脂の甘みを喉ごしの良いものにしている。一口ごとに、ジャン＝ピエールの選んだ赤ワインで喉を洗った。

「パリでこれが出る店は少ないのよ。気に入ってくれてよかったわ」

エリはしかし苦戦していた。大した量ではないが、スプーンに二、三杯で突如として満腹感が来る。そう告げると、ジャン＝ピエールが頷いた。

「物事の精髄というだろう？　髄は一番リッチな部分なんだよ」

デザートのチョコレートムースは、髄を一瞬で無にするほど甘かった。

「南仏を楽しんでいらっしゃい。日本に帰る前に、もう一度会いたいわ」

「もちろん。またご連絡します」

レストランの前でカトリーヌと別れ、ジャン＝ピエールとタクシーでオルリー空港へ向かった。

渡された航空券で気がついた。

「お代を精算しなくては」

「何を言うんだ、僕が君を招待したんだから、一切気にしてはいけない」

「でも……」

「僕は車を四台持っている。充分に金持ちだが使い道がないんだよ」

どこまでが本気で、どこまでが冗談だか分からない。気圧《けお》されて、取り出しかけた財布をしまった。

空港で時間を潰すために、オープンカフェに入った。ジャン＝ピエールはオランジーナ、エリはペリエ。一口飲んだところでジャン＝ピエールにスイッチが入った。

7 アメリー

「僕に四人の子供がいるのは知っているね。三人目のアメリーは、僕と一番気が合ったんだ。読む本も、聴く音楽も、示し合わせたわけではないのに同じものを選んでしまう。

知り合いのカウンセラーに聞いてみたら、一卵性父娘《おやこ》と言われたよ。絶対に一緒に居てはいけないと釘を刺された。

僕はスイスと二重国籍なんだ。妻がスイス系でね。そのツテでアメリーはスイスで就職した。現地にアパートも用意した」

数年前からアメリーに異変が起きていた。穏やかな性格だったのが、急に攻撃的になることを繰り返し、会社を辞めた。異変は日常生活にも及んだ。同じものを何度も買ってしまう。そのうち視野が狭まってきた。

「ようやくおかしいと気づいて病院へ行くと、脳腫瘍だった。良性だがね。オレンジ大になって脳を圧迫していた。そのせいで目も影響を受け始めていたんだ。放置していたら失明するところだった。手術は成功したが色々と後遺症があってね。嗅覚も失ってしまった。匂いは人生の大きな喜びのひとつだというのに。

最後にスイスでアメリーと会った時は、明らかに何かおかしかった。いったんパリに戻ったが、嫌な予感がしてね。もう一度会いに行こうとしたところで、妻の兄が事故で亡くなった。妻はパニック状態で、僕は妻を取るか娘を取るか迫られた」

結果として目の前の妻を取り、落ち着いたところで娘と連絡が取れなくなった。彼女の遺灰が送られてきたのは一カ月ほど後のことだった。

「スイスに『ディグニタス』というNPO団体があるんだ。闘病者本人の死ぬ意思が確実なら、自殺の幇助《ほうじょ》をする。当日、薬が貰えて、飲めば死ねるというわけさ」

遺体は例外なく火葬に付される。アメリーの遺言状には「私は愛されすぎた」とあった。持ち物全てはカトリック慈善協会に託し、競売にかけることになっていた。

「遺言のせいで、いまだに娘のアパートにも入れないんだ」

おまけに慈善協会は競売の手間を惜しんで、アメリーの持ち物はほとんどが宙に浮いている。

たくさんのエルメス、五十足の靴、五百着を超える服。すべてジャン＝ピエールが買い与えたものだ。

「車と家具の一部は僕が買い戻したよ」

「買い戻す？」

「娘に与えたものを、カトリック慈善協会に金を払って取り戻したのさ」

ジャン＝ピエールは、会ったばかりのエリに、人生最大の苦しみを大急ぎで吐露して見せた。この段階を経ねば次へ進めない、という勢いがある。どう受け止めるべきか、エリは迷いつつ機内の人となった。

8　ホテル・バリエール・ル・マジェスティック・カンヌ

夜の地方空港は人気がない。荷物を回収したところでジャン＝ピエールがそわそわし出した。妻のコリーヌの姿がない。何度も携帯に連絡を入れるが、留守電になっている。

「運転中かな？」

「そうじゃないですか」

それでもジャン＝ピエールは携帯に手が伸びる。短気な愛妻家、とエリは思う。現れたコリーヌは四人の母とは思えない華奢な女性だった。彼女としたハグは、ジャスミンの香りがした。

コリーヌの赤いフィアットは空港を離れるなり闇に呑み込まれた。街の灯りが近づいては遠ざかることを繰り返し、カンヌ市内に入ると「カジノ」のネオンが目を射る。大通りには夜目にも鮮やかな白亜のホテルが並んでいる。そのうちのひとつにフィアットは横付けした。

「まさか?」

「気に入ってくれるといいのだが」

翌日の朝、エリから電話を入れることになった。観光したければ、目的地に連れて行く。一日休むのも構わない。好きなようにしなさい、と言い残してジャン＝ピエールは消えた。

玄関ホールのシャンデリアが光の雨を降らせ、白に統一された花が溢れている。案内された部屋は薄いグレーで、絞られたカーテンの裏が銀色に光っている。間接照明が照らすダブルベッドは、パリの部屋の狭さの後で、いっそう巨大に見えた。いくつか置いてある枕のうち、小さなひとつを抱き、大きなものに頭を沈めた。ジャン＝ピエールの「招待」に部屋代は含まれるのだろうか。彼が日本に来た場合、このクラスのホテルを用意できるだろうか。頭の上に疑問符をつけたまま、カクンと眠りに落ちた。

9 サントノラ島

翌朝の窓は、棕櫚《しゅろ》越しの地中海が朝日に染まっている。朝食のビュッフェは、スモークサーモンとコーヒーとシャンパン、という奇妙な組み合わせになった。もう一日が終わっても良い、とエリは思ったが、ジャン＝ピエールに電話をせねばならない。

旅の直前まで仕事に追われていたせいで、カンヌの知識はゼロに近い。スマホで検索すると、船で行けるレランス諸島のひとつ、サントノラ島には修道院がある。

「ホテルは快適かい？」

「とっても」

「行きたいところはあるかい？」

「サントノラ島」

三十分待つように、とジャン＝ピエールは言った。カンヌ市内から車で三十分の郊外に彼は住んでいる。

旧港から出る白いボートには乗客がほとんど居なかった。ベンチに落ち着く間もなく島影が見えてきた。

船着場とも呼べない石段を上ると、土の道が緑のトンネルの中に延びている。日差しが木の翳を深い青にしていた。草地に白い花が点描になっている。足元に散らばる黒い粒を踏み潰し、聞いてみた。

「黒すぐりですか？」

「オリーブだよ」

指された木は、白く粉を吹いたような葉が細長く伸びている。

「生まれて初めて見ました」

今後の人生でオリーブと出会うたびにこの日を思い出すはずだとエリは思う。

「私、父を亡くしてから考えるんです。亡くなった人はこの世の人間に良いことしかできないんじゃないかって。それが天国へ行った人の運命なのかも」

歩くうち、正面に海が見えてきた。入江を左に折れると、程なく小さなチャペルで、その先の椰子の狭間から修道院の塔が姿を現した。煉瓦と石積みは夏には別の顔を見せるのだろうが、アーチの回廊にも人影はない。聖堂は開いていた。石の暗がりの中で手を合わせた。

「アメリーのことをお祈りしました」

言葉にすると真実が遠ざかる、と思いながらも言わずにはいられなかった。

10　ニース

翌朝、ジャン＝ピエールがホテルまで迎えに来てくれた。行く先は彼の家である。車はグレーのホンダで「ジャズ」というヨーロッパ仕様だ。

「これが娘の車だったんだ」

海岸を離れるなり丘が続く。

彼はコリーヌについて語り出した。

「彼女はとても料理が上手いんだ」

しかし、客を呼んだビジネス・ディナーはあまり好まない。やるなら日数をかけて完璧に準備するタイプである。

コリーヌは女性なのに装飾品や香水にまったく興味を示さない。真珠のブレスレットを贈ったが、ほとんど身につけてくれないと、自慢する口調になった。エリは空港で彼女とハグをした時に香水が匂ったのを思い出したが、黙っておいた。

「僕がなぜコリーヌに結婚を申し込んだのか分かるかい？　彼女を幸せにできると思ったからさ」

車が停まった。門がリモコンで開き、オレンジがかったピンクの邸宅へは外付け階段を上る。コリーヌとハグをした。玄関ホールの右手が居間で、天井が高い。ソファで少し寛《くつろ》いでから、三人でニースまで足を伸ばすことになった。旧市街を散歩してから郷土料理の店に入る。

「ニース料理、楽しみです」

「たいしたものはないよ」

ニースの旧市街は、パリの路地をサーモンピンクや黄色に塗り分けたようで、夏の光には輝いて見えるのだろう。晩秋の小雨の中では高さと狭さの圧迫感が勝った。教会の前の広場では、花の露天市をやっている。コリーヌが奇妙な花を指して見せた。形は笹の葉だが、燃え立つオレンジに紫が滴っている。

「ストレリチアよ。この辺の花」

極楽鳥花という別名に納得した。

ジャン＝ピエールの足は速い。店先で立ち止まり、商品を眺めることをしない。あっという間に街の中心を一周し、カフェに入った。彼はオランジーナを、後の二人はハーブティーを頼んだ。この場でも喋るのはジャン＝ピエールだった。マリアンヌを含む鈴木家について一連の質問を済ませると、カップが空になっていた。

コリーヌが腕時計に目をやった。夕食には早すぎる時間だが、最早やるべきことがない。

「家に帰って夕食にしましょうか。キッシュ・ロレーヌならできるわ」

帰りの車では皆無口だった。

二人が居間のソファに納まったところで、コリーヌはオープンキッチンに立った。

「キッシュ・ロレーヌはできているんだっけ？　それともこれから作るのかい？」

「これから作るのよ」

ジャン＝ピエールは食前酒に少量のジンを勧めた。それから立ち上がって、年代物の木の櫃《ひつ》を開けて見せた。

「リゴロ家に関するものを入れてあるんだ」

複数の本の中の一冊は、カトリーヌの家で見せてもらった『アメリカにおける女性の地位について』だった。旅行記や、マダガスカル語の教科書がある。現地の役人で文化人類学者だった人物がいる。

「うちにあるものも、彼の蒐集品の一部なんだよ」

確かに壁には鏃《やじり》や装身具や仮面が掛けてある。

取り出した紙を広げると、ジャン＝ピエールが少年時代を過ごしたチュニジアの家の見取り図だった。櫃にはフランスの植民地が詰まっている、とエリは思ったが、別の言葉を選んだ。

「この櫃は宝箱ですね」

エリの心はキッチンのほうを向いていた。キッシュ・ロレーヌの作り方を尋ねると、コリーヌは手を動かしながら教えてくれた。

11　キッシュ・ロレーヌの作り方

「エシャレットをみじん切りにして、角切りのベーコンと炒めるの。エシャレットがない時は葱でもいいわ。ボウルに卵を五個と、溶けるチーズ、ナツメグ少々。先ほど炒めたものを入れ、最後は生クリームをパックに半分。よくかき混ぜて、パイ生地を敷いた型に流し込んで、オーブンで三十分くらいね。ベーコンとチーズに塩分があるから、塩は入れてはダメよ」

焼きあがったキッシュは舌に優しく、コクがあった。

「あなたのお料理をジャン＝ピエールが絶賛していた理由が分かりました」

コリーヌの薄い反応に、エリはつい言葉を足したくなった。

「あなたと結婚したのは、あなたを幸せにできると思ったからですって」

「あら、そう？　面白い考え方ね」

空になったシャンパンの三分の一強をジャン＝ピエールが消費したことは明らかだが、ホンダのジャズで送ってくれるという。

「飲酒運転じゃないですか」

「これくらいどうってことはないよ」

彼の運転は完璧だった。酔うことを知らない彼にとって、アメリーの喪失はますます慰めようのないものであるはずだった。

12　家系図

翌日は雨の午前中を、ジャン＝ピエール宅の二階の書斎で、家系図とにらめっこしながら過ごした。初代ジャン＝ピエールの息子、ジャン＝ピエール二世が一七六八年にフランス中部に移ってリゴロ家の記録が始まる。

祖父のジャン＝ピエール六世は、第一次世界大戦が終わって海軍の職を失った。六人の子持ちである。運をつかもうとチュニジアに渡り、親戚の自動車修理販売業を引き継いだ。

六人の子供のひとりが、現在のジャン＝ピエールの父。もうひとりがカトリーヌの母、というわけだ。

「子供の頃は一年に一回、バカンスでフランスへ行ったものさ。母親から社交のあれこれを教わったよ」

自分から女性の手を取ってはいけない。相手から差し出されたら、取って軽くキスをする。

「家系図のだいたいの流れは掴《つか》めたかな？」

はい、以外に答えようがない。

「欠けているのは、君の祖母シルヴィーが結婚した宮野と、君の母マリアンヌが結婚した鈴木両家の家系図だ。日本に帰ったら早速調べてくれたまえ」

嫌です、という自由はエリには残されていない。やはりタダほど高いものはなかった。

13　オー・ド・エリ

その日のエリは香水の街グラースで、香水作り体験をした。自分の名を付けた「オー・ド・エリ」が出来上がるのには二時間を要した。ジャン＝ピエールにとっては沈黙と忍耐の二時間だったはずだ。帰りの車でジャン＝ピエールは普段の雄弁を取り戻した。彼は「友人」について語り始めた。

「彼のお母さんがうちの母親の幼馴染でね」

彼はアメリカのフライトアテンダントと結婚し、子供が生まれたところまでは順調だった。ところがある日、妻は子供を連れてアメリカの実家へ戻るからと、軽装で出かけていった。そして、それっきりになった。

「彼はひどく落ち込んでいたよ。僕は見かねて声をかけたんだ。『楽しいことをしようよ』ってね。それで、一緒に会社を起こしたんだ」

コロラドのデンバーが主な取引先で、今でいうＩＴ企業の先駆けだった。

「シャンゼリゼの一等地に事務所を構えたよ」

その若さで、と驚かれたが、実は時間貸しの賃貸事務所だった。

「散々儲けてから手を引いたんだ」

「なぜ儲かっているのに辞めたんですか」

「税金が高すぎた。それに……」

儲けすぎていた時期は、妻が幸せそうに見えなかった、と付け加えた。

出迎えてくれたコリーヌにミニチュア香水の詰め合わせを渡した。中身をひと瓶ずつ嗅いで、これまでに見たことのない笑顔になった。ジャン＝ピエールは「オー・ド・エリ」を嗅ぎたがった。

「ダメです。二週間熟成させなくちゃいけないんですって」

あれやこれやでジャン＝ピエールは憮然としていた。

その日の夕食はミラノ風カツレツにスパゲッティの付け合わせだった。置かれたカラフの中身は水である。リゴロ家が客モードから日常モードに切り替わったようで、エリはむしろ嬉しかった。デザートの葡萄《ぶどう》は、水を張ったボウルに入れて運ばれてきた。その場で洗いながら皮ごと食べる。

「フランスでは食べる時に洗うんですね」

「本当は洗ってから持ってくるべきなんでしょうけど」

エリは会話を弾ませるつもりで余計な一言を言ってしまう性質だと、この時自分で気がついた。

14　お菓子の家

翌日の午前中を、エリは寝て過ごした。ホテルの前の大通りにはあらゆるブランドが軒を連ねている。カジノも至近距離にある。その手の喜びの外に自分はいる、という諦念が先に立つ。それより気になることがあった。晩年のアメリーは嗅覚を失っていた。昨日の香水作りを、ジャン＝ピエールはいかなる気持ちでエリに提案したのか。子供のように喜んでいた自分は単純に過ぎる。

ジャン＝ピエールに電話を入れる時間だった。ボンジュールの次に「行きたいところはあるかい？」と聞いてくる。美術館はいくつかあるが気が乗らない。

「サン＝テグジュペリのお母さんが住んでいた家がある、っておっしゃってましたよね」

『星の王子さま』はエリの愛読書だった。その著者に関わる場所なら行ってみたかった。

海のカンヌから山を目指した。

カブリ村は低い二階建ての並ぶ寒村だった。展望台から下界を覗いた後は、しばらく歩いた。カフェの看板に子ヤギが描いてある。

「カブリはフランス語で子ヤギを意味するんだ」

角地の壁にサン＝テグジュペリと母のパネルが出ていた。

「彼は夏の暑さをしのぐためにこちらの親戚の家に来ていたんだ」

飛行機乗りのサン＝テグジュペリは、低空飛行で村の上を廻り、顔の見える近さの親戚に合図を送った、という伝説がある。

『星の王子さま』の看板を掲げたホテルとレストランが一軒ずつあるのを確認し、無人の村を後にした。

車はさらに山奥を目指した。

「あそこに工場が見えるだろ？　あれは人工香料専門で有名なんだ。ローストチキンの香りだって再現できるんだよ」

「付けてみようかな」

「犬に追いかけられるよ」

車窓の景色は、最早コート・ダジュールの海辺ではなく、岩山の連なりに霧が立ち込めている。川のせせらぎを渡ると、岩山を背におとぎ話に出てきそうなオレンジ色の壁がコの字になっている。菓子の製造・販売と聞くなり、ヘンゼルとグレーテルのお菓子の家を思い出した。エリの反応に、ジャン＝ピエールは得意げな表情になった。

ドアを開けるなり試供品の飴を差し出された。甘みと薔薇《ばら》の香りが同時に来た。ジャスミンやスミレもあるらしい。

工場は製造過程を見学できる。白い帽子に手袋の男性が砂糖煮のハーブに粉砂糖をまぶしている。チョコレートに浸されるオレンジやレモン。錬金術師の部屋のような一角もある。並んだ製品はあらゆる色と質感が揃って、細かく砕いた虹をちりばめたと見える。

エリはモエ、クリコ、職場と指を折りながら土産を買い込んだ。ジャン＝ピエールが選んでいるチョコレートや飴が、やがて自分のトランクに納まることをエリは知らない。

その夜、コリーヌは得意のチョコレートケーキを用意してくれていた。エリはふた切れ食べたが、まだ四分の一ほど残っている。それをジャン＝ピエールはホイルで包んで、エリに持たせせた。

15　カトリーヌの部屋

パリは、カンヌより薄衣一枚ぶん寒かった。カトリーヌは渡された香水を、華やかな笑顔で受け取った。カンヌの土産話からアメリーのことを省くのがエリにはできなかった。

「実は私も子供を失っているの。ひとりは生まれてすぐ。もうひとりは、この子の父親」

カトリーヌは孫のシモンの写真を見せてくれた。フランス人としては褐色の肌である。

「母親のアイラがインド人なの」

擾乱《じょうらん》のカルカッタで、腹に傷を負った状態で発見された。マザー・テレサが彼女に名前と親を与えた。フランス人の医師夫妻には四人の男子がいたが、すでにレバノン人の少女を養子にしていた。アイラで二人目となる。

カトリーヌの息子ジェラールは、大学でアイラと出会い、二人して弁護士の資格を取ってから結婚した。彼らの息子のシモンは、自閉症で「ウィ」しか喋れないが、順調に育った。ジェラールは友人と弁護士事務所を開き、これまた順調だった。彼が二週間の休暇から戻った翌日、不調を訴えてソファに横になった。十分後には亡くなっていた。

「その時のことは、何に喩えたらいいかしら。地震じゃないわね。原爆が空から落ちてきた、という感じ」

「そんな体験がおありとは、存じませんでした」

「私は後悔しないから。昔は戻りませんからね。毎日の暮らしが我々を成熟させるのです」

現在のカトリーヌは、通いのスリランカ女性に家事を助けてもらいながら八十八歳の一人暮らしを「満喫」している。先日は天井の切れた電球を替えようと、踏み台を出してきたところでスリランカの彼女に止められた。お互いに一人で電球を替えるのは止そう、という話に落ち着いた。

「そういえば私が八十歳の時ですよ」

親戚にパラグライダーのプロがいる。プロに支えられながら飛んだ爽快さが忘れられない。

「私はこれでも、若い頃は根暗だったのよ。そうならないように学習していったの」

「私もやってみます、パラグライダー」

飛行機の時間を理由にエリは席を立った。

パリの空港でジャン＝ピエールに電話を入れた。

「ぜひ日本に来てくださいね」

彼が口を開くまで一瞬の間があった。

「アメリーのこと以来、私は、もはや生きる意欲を失っている」

「ジャン＝ピエール、あなたは私にとって、いとこと言うより父親のような存在なんです。元気でいてもらわないと困るんです」

この時以来、エリの心の片隅にアメリーが住みつくことになる。

16　エリの部屋

出発前に「三十分でごまかすフランス語」を特訓してくれたクリコを、エリは部屋に呼んだ。

「これがコリーヌのチョコレートケーキよ」

エリは四分の一切れをさらに二等分してクリコに差し出した。作られてから日の経ったものを前に、クリコは一瞬たじろいだ。ひと匙口に運ぶなり、歓声を上げた。

「売れますよ、これは」

エリは作り方を聞きそびれた。ネスレの製菓用を使えば同じ味になると言われたが、そうとは思えない。

クリコは自分のケーキを食べ終え、エリの皿を物欲しげに覗いている。エリは自分の残りをクリコの皿に回した。話はアメリーのことへと戻っていく。

「やっぱり、子供は親より長生きしないとね」

「逆縁は良くないですね」

「『ディグニタス』という組織が合法的に存在するのが私には信じられない」

「調べてみましょうか」

クリコはスマホで検索を始めた。

スイスでは自殺幇助が許可されている。いくつかある団体のひとつが「ディグニタス」だった。ネンブタールはエリには聞き覚えのある催眠薬である。マリリン・モンローがこれの過剰摂取で亡くなり、自殺とされている。

死を与える薬の三十分前に、制吐剤を服用する。それから電子レンジでネンブタールの溶剤を加熱し、オレンジ味にして飲みやすくする。それでも苦さが省けないため、オレンジピールのチョコレートを直後に口にする。

毒は苦い、という単純な真実に二人は驚いた。自らを破壊するものを、体が容易に受け入れるわけもなかった。サスペンスドラマでワインに毒を盛り、被害者がひと飲みで倒れて死ぬ、はフィクションだった。

「ディグニタス」に入会すると、年会費を払う。それは数年にわたって生と死の狭間で揺れる会員がいるという証《あかし》に他ならない。会員が実行に及ぶまでには多くのプロセスを経ねばならない。死への「青信号」が点灯したことで、逆に生を選択する例も多いという。

スイス人の会員は自宅での死を選べるが、外国人は「ディグニタス」まで移動する。イギリスの田舎に、ジャッキーという末期癌の女性がいた。ウクレレを弾き、美術、写真、ボブ・マーリーの音楽を楽しんだ。しかし、母と同じ癌になり、痛みの生活に入った。母は癌に殺されたが、彼女は殺されるよりも自発的に死ぬほうを選択した。自宅からロンドンまでタクシーで数時間。その後は、ロンドンからパリ、パリからチューリヒと列車を乗り継ぎ、旅は十八時間に及んだ。

「もう待てないわ、ひどく痛いのよ」

インタビューに答える声は弱々しく、百歳の老婆よりも滑舌が悪かった。

「ディグニタス」の責任者によると、ギリシアから前触れもなく、彼の戸口に来た例がある。突然の来訪者に「今すぐ殺して」と迫られたこともある。いかなる場合も、正規の会員以外は受け付けない。訴訟を避けるため、自殺の経緯はビデオで撮影する。

チューリヒ湖の底には火葬された骨壺が大量に沈んでいる、という話もある。

団体によって死に到らせる方法は異なる。「ライフサークル」の場合は、毒入りの点滴のストッパーを自分で外す。苦さをこらえて飲むよりは楽そうだ。

その夜のエリは、なかなか寝付けなかった。百合に埋もれた自分をイメージしてみた。クリコは言ったものだ。

「百合は夜、大量の二酸化炭素を吐くんです」

理論的には、百合の詰まった密室に、ひと晩いれば死ぬことができる。クリコ情報は眉唾だが、そのイメージをエリは美しいと思った。

17　角打ち

待ち合わせた五時半に、すでにカウンターは満席に近かった。モエとエリはひと瓶のビールから始めた。乾杯の後、エリはモエに土産のチョコレートを渡した。

「今日は後でウイスキーを飲みましょうか?」とモエ。

「いいけど?」

「これ」、とチョコレートをかざして見せた。「いい肴になるわよ」

しかしその夜の二人はなかなかウイスキーまでたどり着かなかった。エリが「ディグニタス」の話を出したためだ。末期癌のジャッキーがディグニタスまで辛い旅をしたのが、エリには信じられない。癌の痛みならばモルヒネでコントロールできるはずである。モエはエリのコップにビールを注ぎ足しながら言った。

「癌によっては、通常量のモルヒネでは痛みが取れない場合があるんですって。だからって大量投与したら死んでしまうし」

「私はお金と時間をかけて『ディグニタス』まで行くぐらいなら、医者に頼んでモルヒネマシマシで死んだほうがましだわ」

「モルヒネマシマシは訴えられるから、医師はやらないでしょ」

たまには大胆な医者と家族がいる。他のヘルパーから聞いた話だが、一家の父が倒れ、人工呼吸器につながれた。助かる可能性は半分だが、呼吸器を外すか否か。「どうしますか?」と聞かれた妻は「取ってください」と即答だった。陰で見ていた息子はその瞬間「殺した」と思ったそうだ。

「それって安楽死？　それとも尊厳死？」、エリは首を傾《かし》げている。

「尊厳死は望まない延命措置を止めること。安楽死は臨終を意図的に早める、かな。難しくてよく分からないけれど」

「微妙」

「微妙よね。ボケる前に、苦しまずに死にたい、スパゲッティ状態になりたくない。大抵の人は自分が自分であるうちに逝きたいと思うものよ」

ボケは本人も辛い、とモエはため息をついた。モエの訪問先に、裁縫が得意だった主婦がいる。八十代で鋏を持てなくなった。それでも毎日、裁縫箱を開けては中身を全て取り出し、一つずつ確かめる。何をどうしたら元のように布を操れるのか、自問している。時には切なくなり、「頭が空き家になった」と宙を睨み、「殺して」と迫る。そんなことを言うものではない、と説得するには及ばない。「殺して」と言ったそばから忘れてしまうからだ。モエにできるのは針と鋏の管理だけだ。

そこでエリは「あっ」と手を口に当てた。

「私の大学の恩師が、去年亡くなったのね」

恩師は年を越してから食欲が無くなり入院した。最初から本人が延命措置を拒否していた。いったんは中心静脈点滴を受けたが、本人の意思で外した。その後の恩師は徐々に萎れていく一本の木だった。エリが見舞った時にはすでに意識が無く、その日の夕刻、逝去した。

「エリさんが見舞ったら急変したわけね」

「それ、みんなに言われた」

彼の死を見事と捉えた同僚がいる。一種の自殺と取った者もいる。エリとしては点滴の段階で治療を放棄したのは残念だと思っている。

「その先生も、自分の死に方を自分で決めたかったんでしょうね」とモエ。

「芥川龍之介の『河童』ってあるじゃない？」とエリ。

河童は生まれてくる前に、この世に来たいかどうか尋ねられる。嫌がる河童は注射一本できれいに消える。

「お腹の中の河童が生まれない権利を行使するのは、ブラックだけどユーモアがあるよね？　死ぬ権利はどうかしら？」

河童の国には死刑もあって、神経質な彼らは自らの犯した罪名を聞かされただけで頓死する。胃瘻《いろう》など、ある種の治療について説明を受けても、ショック死するのではないか。

「河童はいいねえ、人間は辛いねえ」

「人間にも色々あるから」とモエ。

彼女の知人の娘はケニア人と結婚し、現地に住んでいる。

「門番がマサイ族なのよ」

村ではライオンと戦う兵士は、町では門番として一番人気らしい。

「マサイ族にも介護があるの？」

「そうじゃなくて。知人の娘さんは里帰りのたびに驚いているんですって。日本は老人だらけで、老人が老人を介護しているって」

ケニアでは精悍なマサイ族が門番をし、町には青年や子供が闊歩している。その町で目につくのは「葬式」という現実もある。

ケニア人の平均寿命は約六十六歳。マサイ族は四十五歳程度、という説がある。

精悍長身で、直立したまま七〇センチを飛び、視力は3とも8とも言われている。主食は牛乳に、たまに牛の血を混ぜる。

「牛乳は苦手だけど、マサイ族はいいねえ」

「いいかなあ」

モエの視力は0・6であり、おそらく二〇センチもジャンプできない。背後には八十歳の母親が控えている。

「うちなんか九十歳よ」

「母親を送った後は自分よね」

「お互い独り身だから、悩ましいよね」

「私はあの世から化けて出るつもり。それで自分の墓の前を掃除するの」

「ウイスキー、飲もうか」

二人はその日何度目かの乾杯をし、ぴょんぴょん跳ねて見せた。「マサイのダンス」は冷たい視線を集めただけだった。

18　マリアンヌの部屋

モエはマリアンヌの口にジャムを含ませた。ジャン＝ピエールがエリに持たせてくれたジャスミンのジャムだ。マリアンヌはトレボンと目を細めた。

エリは「オー・ド・エリ」をスプレーした。マリアンヌはササンボンと再び目を細めた。

「で、フランスはどうだったの？」

このところ週末ごとにマリアンヌはエリに尋ねる。同じ話を、初めてのふりをして繰り返すことに、エリはすでに慣れている。

「ジャン＝ピエールはトレジャンティ。今度はわたくしが行きたいわ。直接お礼を言わなくては」

（マリアンヌが行く手間をかけずとも、ジャン＝ピエールは日本に来る気満々である。その後のエリとのメールのやり取りには波があり、生きる気力がゼロだと嘆くかと思えば、日本への豪華客船の旅を計画したりもする。エリは程よく相槌を打つ術《すべ》を身につけつつある）

マリアンヌは、アメリーのくだりになると必ず涙を浮かべた。

「エリ、あなたは大丈夫でしょうね？」

エリは黙って布団の上からマリアンヌを抱きしめる。母の薄くなった白髪を丁寧に撫でる。

「歳を取るのも悪いことばかりじゃないわ」

彼女は小首を傾げ、しきりと瞬きをした。何かを思い出そうとしている時の仕草だ。

「情けない、ここまで来ているのに名前が出ない。昔の有名な人よ」

老いを切ないものとしている原因を、その人物は四つ挙げた。その一、仕事がなくなる。その二、体が弱る。その三、快楽が消える。その四、死が近い。

「年寄りには年寄りの仕事があって、世の中のお役に立つ人は少なくありません。体力は、どうせ人間には限界があります。若い頃より走るのが遅いと嘆いたって、若くても豹より速いわけじゃありませんからね。異性に余計な手間暇をかけないと、心は風船のように自由になりますよ。死ぬことばかりは、わたくしだって嫌。でも、死ぬのは年寄りばかりではありませんからね」

そこで涙を浮かべ、ポーヴルアメリー、と呟いた。

「エリ、あなたは大丈夫でしょうね？」

「絶対ママンより、長生きするわ」

「で、フランスはどうだったの？」

日はまだ高い。

第四話　薔薇の動物園

1　マリアンヌの部屋

マリアンヌと世間話をしているモエの携帯が鳴った。トチ中野の甲高い声に、モエは思わず携帯を耳から離した。今度の「お話会」を手伝って欲しい、と聞くなり動悸がした。

「私で、よろしいんですか」

「いいから来なさい。わかったわね?」

答えを待たずに電話は切れた。

「聞きましたよ、モエさん。あなた、トチさんの旦那さんにアタックしたんですって?」

「アタックだなんて。別居でお困りだろうと、お料理を持って参上しただけです」

「ええっと、『ボコボコ』でしたかしら。そんなふうにされたとか」

情報源はクリコのようである。帰ったら「ボコボコ」にしてやる、と内心舌打ちしながら、モエはいつもの営業スマイルに戻った。窓から一陣の風が新芽の匂いを運んできて、マリアンヌの頬を撫でた。

2 お話会について

トチ中野の介護事業所「スマイル光」にヘルパーを依頼すると、もれなく「お話会」へのお誘いがついてくる。トチの山手の邸宅は外国人仕様で、居間はホームパーティーのできる空間がある。十人程度が常連だが、呼ばれれば公民館でセミナーを開いたりもする。

彼女の名刺には「幸せ認定アドバイザー」とあるが、資格として根拠のあるものか、誰も知らない。質問する者があると、トチは必ず「グラストンベリー」という地名を出してくる。英国屈指のパワースポットで、ヒーリングやアロマテラピーのメッカである。現地で修行をしたと明言しないところを見ると、観光で行ったのかもしれない。

「みなさん、心が、かじかんでいませんか？　自分の心を解かせるのは自分しかいませんよ。ぬくもりは、待っていても、来てはくれません。こちらから呼びに行かないと。まず両手を擦り合わせてみましょう。その手を頬に当てて。この温かみが基本です」

それからフェイスマッサージにかかり、首筋の「リンパを流し」てから両手を胸に当てる。

「あなたはもう、幸せになってもいいんですよ」

この段階で、涙腺の緩む客がいる。

「どんどん流しなさい。涙は心のデトックスですから」

「泣いていい、って言ってくださるのはトチ先生しかいません」

ほとんどの客は介護の経験者および現役である。配偶者や子供や親戚は、彼女たちの愚痴に貸す耳を持たない。泣いている背中をさすってくれるならば、悪魔でも崇《あが》めたことだろう。

トチの節くれだった指には不思議な熱が籠っている。冷え性の女性たちは、トチに両手を委ねて目を閉じる。時としてさまざまな色や光の玉が見えたりするらしい。

瞑想の時間を取ることもある。トチは「魂の音叉」で水晶を叩き、余韻が消えると部屋に静寂が満ちる。それだけでも「すっきりする」と好評だった。水晶は今では直接「まるや」から仕入れている。音叉は相変わらず三千五百円で売られている。

トチは有能な「物売り」でもあった。最大のヒットは雑巾の「トチ・クロス」だが、「愛愛ブラ」と「夢パンツ」の愛用者も多い。

「下着で締め付けられていた、かわいそうな体をいたわってあげましょう。締め付けは血流を阻害して、卵巣に影響が出ます。生理痛や生理不順の原因はこれです。体を解放し、自分で自分をかわいがる。基本ですね」

パンティとブラジャーの組み合わせで八千五百円はおしゃれに金をかける人にとっては、高くはない。しかし魔法の下着の原料は、問屋から安く仕入れた売れ残りのスポーツブラと巣鴨のへそ上ショーツだった。夫のリチャードはアイロンが得意である。百均のアイロンプリントシートを用いてハートや「レット・イット・ビー」の文字を貼り付けた。トチのカラーであるピンクのビニール袋に詰めてリボンを掛ければ新品になる。

むろん失敗した例もある。粉末のビタミンCを「ミラクルC」と命名し、クリームに混ぜて美白に用いた。数百円の粉が数千円に化けたが、やがてネットで同様の商品が千六百円で流通していると分かり、客が遠のいた。

3　ジェムハニー

別居中の夫リチャードは、お話会の当日はトチ宅に詰めている。その日、久しぶりのモエに、彼は驚く様子もなかった。「ジェムハニー」の製作が間に合わず、額に汗を浮かべていたのである。ジェム（貴石）入りの蜂蜜が今回の新商品となる。ビニール手袋をした彼の右手には大瓶の蜂蜜が、左手にはビー玉の小山がある。手前の空瓶に玉を投入し、残りを蜂蜜で満たす。

「ダーリン、急いでちょうだい」

トチの「ダーリン」には「てめえ、この野郎」に近いニュアンスがある。モエは完成した小瓶をビニール袋に詰め、リボンを掛ける作業に集中した。居間のテーブルに製品が並んだのはお話会の十分ほど前だった。

「みなさま、若葉の季節となりました。せっかくの青い空、ちゃんと見上げていますか？　私には関係ない、とうなだれてしまう人、いませんか？　心を開かないと、お日様のキラキラを受け止められませんよ。前を向いていないと、せっかくのハッピーを見逃してしまいますよ。『ご自愛』という言葉があるでしょう。自分で自分を愛することです。世界でたった一人の、オンリーワンの自分を大切にしてあげましょう」

やがてリチャードが登場する。右手に小瓶、左手に試食用のスプーンを携えている。

「今日のご紹介は、ジェムハニーです。この石をご存知ですか？　フローライトと言います」

トチは紫と緑が滲む透明な球体を手のひらで転がした。

「この石は、抑圧された心を解き放ってくれます。疲れた頭をリフレッシュしてくれるので、集中力が高まり、記憶が冴えわたります」

「受験」と「ボケ防止」に客たちは激しく反応した。

「なぜ蜂蜜か、とお思いですよね。三千年以上前のピラミッドで発見された蜂蜜は、現在でも食べることができる、と言われています。本物の蜂蜜はミラクルなんです。スプーン一杯が、蜂一匹が一生かけて集めた量なんですよ。さあ、どうぞ味わってみてください」

モエがスプーンを配り、リチャードが瓶を廻した。

「パワーストーンの楽しみ方にも色々あります。数珠も良いですが、大昔から砕いて服用することもありました。今回ご紹介の品は、十分に熟成させてありますから、石と蜂蜜が馴染んで、フローライトのパワーが舌から全身に伝わります」

「食べ終わったら、どうするんですか？」

「良質の蜂蜜を足してあげましょう。その代わり、半年から一年は熟成させてください」

三千円と聞いて次々と手が伸びた。モエは用意した千円札を、五千円札の客に渡していく。その時チャイムが鳴った。リチャードの眉根に皺《しわ》がよった。モエがドアを開けに行った。

「わっ！」

4　ミッキー・バウス

一八〇センチはあろうかという男の人形が、玄関先に立っていた。少なくともモエの第一印象はそれである。人形は右手を上げて「Hi!」と挨拶し、モエが絶句したわけである。

金髪で面長。陶器の肌。顔のパーツが輪郭からはみ出しそうに大きい。通った鼻筋は触れると折れそうである。完璧な唇にはルージュが引いてある。

「マミー、いる？」

モエは黙ってスリッパを差し出した。その場の全員が息を呑んだ。

「お帰り、ミッキー」

ミッキーは無表情のまま頷《うなず》いた。モエはミッキーとリチャードの間に挟まれている自分を、極めて居心地悪く感じた。磁石のマイナスとマイナスが反発しあっている。このために今日の自分はこの場に呼ばれた、と悟った。

「みなさん、私の息子、ミッキーです。アメリカから久しぶりに帰ってきました」

「すごいイケメン！」

「さすが、お父さんそっくり！」

「やっぱり血は争えないわね」

「トチ先生、お幸せね」

トチは余裕の微笑みを見せながらも、内心の動揺はモエにも伝わってきた。

客が引けた後の居間は四人だけとなった。

「モエさん、リチャードとミッキーにコーヒーを淹《い》れて頂戴」

「ボク、もう帰る。コーヒー、ない」

リチャードは空のキャリーケースに手をかけた。先ほどまでは、中華街で仕入れた大瓶の蜂蜜が入っていた。

「ダーリン、もっとゆっくりしていけば」

リチャードが早口の英語で何事か呟《つぶや》き、ミッキーは唇を噛んだ。リチャードが消えると、明らかにその場が和んだ。ミッキーは出されたコーヒーを、口紅がカップに付かないように気をつけながら啜《すす》った。

「こちらはモエさん。リチャードのファンだから今日は呼んであげたの」

「マミーと同じだね、ちょっと悪趣味」

それからミッキーはモエに一枚の名刺を手渡した。「ミッキー・バウス」の肩書は「パフォーマー」である。

「アメリカ育ちなんですか？」

「いや、横浜のInternational school」

その後、アメリカに留学した。

モエは「インターナショナル」の発音にうっとりした。午後の山手を歩いていると、日本語の混じった英語を喋る子供たちが数人でかたまっているのに遭遇する。アメリカ人、インド人。日本人と思ったら中華系だったりする。金髪の少年が焼きそばパンをかじっている。二、三人で駅のエスカレーターを逆走しているのを見たこともある。モエは「ミーのダディが超ウザくてマジ、アンビリーバボー」などとオーバーアクションで話す子供たちに密かな憧れを抱いていた。

「私は今日からミッキーさんのファンになります」

ミッキーは小首を傾《かし》げ、トチは皮肉な微笑みを浮かべた。

5　中野幹夫

その夜、クリコはモエから見せられたミッキーの写真をまじまじと眺めた。

「整形、やりまくってるわね」とクリコ。

「メイクしてるだけじゃないの？」

「目は二重と目頭切開。鼻は高くして、小鼻を削ってる。唇はヒアルロン酸注入かな。額に鉄板が入っているかも。顎も削ってる。これ、元の顔が分からないレベルだと思う」

「なんでそんなに詳しいのよ」

「プチ整形、やってみようかな、って」

「いじらないほうがいいわよ」

「ミッキーはいじりまくってるのに、私はダメなわけ？」

言ってからクリコの目が光った。

「叔母ちゃん、この人何歳くらい？」

「三十そこそこかな」

「リチャードはトチより十九歳下よね。ってことは、四十歳ちょいでしょ？　四十歳の父親の息子が三十歳って、おかしくない？」

なるほど、とモエは膝を打った。トチはミッキーを「私の息子」と紹介したが、横にリチャードがいるにもかかわらず、「私たち」とは言わなかった。

「トチさんは再婚なんじゃない？　ミッキーは最初の旦那さんの子供とか。パフォーマーでしょ？　ちょっと調べてみるわね」

クリコはしばらくスマホをいじっていた。

「やっぱりね。本名は中野幹夫。昔の写真が出てるわよ」

スマホの画面からモエは目が離せなくなった。美しいというよりは、可愛い東洋の少年である。髪は黒いままだ。奥二重で、存在感のある鼻。前髪を下ろしているので確言はできないが、額はさほど広くなさそうだ。

「ミッキーは野毛の大道芸に出るらしいよ。今度の週末。叔母ちゃん、行ってみようよ」

その土曜日はちょうどモエの休日に当たっていた。

6　ミッキーマウス・マーチ

桜木町駅の地下道を出ると、碁盤の目に路地が走っている。会社員だった頃のモエは、当時の夫と待ち合わせて野毛で一杯やるのがたまの楽しみだった。

クリコとモエは野毛小路を歩いている。石畳に黒い波型の模様が入っている。

「何に見える?」

「さぁ」

横浜で唯一「毛」のつく町が野毛、とモエ。

「黒髪を表しているのよ」

「絶対、見えないよ」

本来は金髪、茶髪、赤毛と取り揃えて、髪飾りを添えるはずだったが、資金不足で今の形となった。

「あの頃は良かった」、モエは遠い目をした。

「あの頃ってどの頃よ」

夫が女を作る前、とはさすがに言えない。桜木町駅に東急東横線が入っていた頃、と無難に答《こた》えておく。居酒屋だらけのオヤジの街は東急の撤退でいったん寂れ、その後はワインを出す小洒落《じゃれ》た店が若者を呼んできて、それなりに栄えている。

昼間の野毛の大通りが人混みになるのは、春と秋の大道芸の週末に限られる。人の流れに乗ってゆっくり移動しながら、目の端で各種の芸を追っていく。チャップリンがパントマイムをしている。ジャグラーがピンで空中に絵を描く。飴細工。中国雑技。民族音楽が風に乗って流れてくる。白塗りの「考える人」は、通行人を数人確保し、それぞれにポーズを付け、自分が中央に収まって、ピカソの「ゲルニカ」になった。

「人間ポンプ」の前でモエの足が止まった。この芸には見覚えがある。裸の上半身は筋肉が落ちて、七十歳は過ぎているはずだ。ちょうど鉢の金魚を飲み込んだところだった。しばらく右手で胃のあたりを叩いている。ウッ、と力を入れて開けた口から金魚の尾の朱色が飛び出した。

金魚を鉢に戻した後は、色紙を輪にしたものをピンク、青、黄と飲み込んでいく。前よりも時間をかけて胃を擦っている。開けた口に手を入れて出してきた輪は、すべてが繋がって鎖状になっていた。

モエは彼の差し出す帽子に五百円玉を一個投げ入れた。

「お嬢さん、ありがと」

嘘でも「お嬢さん」は嬉しい。モエはクリコに袖を引かれて、再び人混みに身を投じた。

小さな人の輪が出来ている。通りがかりに覗いて、そのまま去っていく人が多い。等身大の人形が椅子に座っているのがミッキーだった。蝶ネクタイにモスグリーンのスーツで、首を仰向けにして、両手両足を投げ出している。人形というより屍体、まばたきの気配すらない。何かが起こるのを期待して待っていた客も、一人また一人と痺れを切らして消える。クリコは、人形の傍に置いてあった缶に十円玉を一個、投げ入れた。音がしたとたん、首が持ち上がった。十円玉を追加した。首が右に振れた。手と足を動かし、立ち上がらせるために、クリコは手持ちの硬貨を全て投入せねばならなかった。

そこでモエが百円を投げると、ミッキーは機械のぎこちなさでお辞儀をした。ご祝儀のつもりで千円札を張り込んだ。彼は一瞬、人間に戻ってスマホを操作し、スピーカーからユーロビートバージョンの「ミッキーマウス・マーチ」が流れ出した。彼は自分で自分にネジを巻く動作をしてから、飛び、跳ね、ムーンウォークをし、音が切れると同時に、そのままの姿勢で固まってしまった。

7　マリアンヌの部屋

大道芸の翌日、日曜日の午後が翳《かげ》り始めている。マリアンヌの部屋にはモエの淹れたコーヒーの香りが漂っている。マリアンヌとクリコがフランス語で喋る間、エリは横で半分まどろんでいる。

チャイムが鳴った。「うそ!」とモエの声がして、彼女は意外な人物を部屋に招き入れた。

「ボンジュア、メイダァーム」

アメリカ訛りのフランス語にクリコが妙な顔をした。

「ボンジュール?」とマリアンヌ。

「ジェイ・マペァ・ミッキー」

フランス語で名乗ってから、彼は日本式のお辞儀をした。

「ミーのマミー、トチ中野……、お世話になってます」

フランス語は挨拶程度しかできない、とミッキーは肩をすくめて見せた。

「トレビアン」、マリアンヌはベッドから身を起こしかけた。エリはマリアンヌの掛け布団を整えた。

「トチさんにはこちらこそお世話になっております。こんな立派な息子さんがいらっしゃるなんて、存じませんでした」

ミッキーは後ろ手のまま二、三度小さく頷いた。

「立派というほどのものでは。これ、お近づき?のしるし?」

差し出した紙袋は野毛の「もみぢ」のものだった。エリが紙袋を受け取り、ミッキーに椅子を勧めた。

「ミッキーさんはパフォーマーなんですよ」

モエがカップを彼の前に置いた。

「昨日、私たち、野毛で見ました」とクリコ。「ミッキー、やって見せてよ、死んだ真似」

次の瞬間、ミッキーは全身を脱力させ、首を胸まで落とした。

モンデュー、とマリアンヌ。エリの眉間には皺が刻まれた。クリコは偽屍体に話しかけた。

「こんなところで油を売ってていいの?」

「僕はアートを売る、油は売らないよ」

「まだ大道芸の時間でしょうに」

「客、はけてきた。儲からないし」

どうせ後は打ち上げ、というところでモエとクリコが鋭く反応した。野毛の、それも大道芸人たちの打ち上げ、参加したくないはずがない。

「ミッキーの関係者ってことで連れて行ってくれない？」

「日本の飲み会、めんどくさい」

「アメリカの飲み会なら、めんどくさくないってか？」とクリコ。

「私はまだお仕事がありますから」とモエ。

モエは時計に目をやった。あと半時間で夜のヘルパーと入れ替えになる。

「モエさん、大丈夫よ。今日はお母さんもご機嫌だし」

遠慮のつもりで身をくねらせたモエは、結局エプロンの紐を解いた。ミッキーをモエとクリコが挟んで拉致する形になった。

三人が抜けた部屋は、壁の青が目に沁みる。水底の洞窟みたいだ、とエリは思う。マリアンヌはお気に入りの人形を取り上げられた子供のように、小さくため息をついた。

8　叶家

二階の大座敷は、蜂の唸りに似た喧騒に包まれている。あちこちで手が上がり、仲居たちの高速移動も間に合わない。誰何《すいか》されることなく、ミッキーと連れの二人はテーブルの片隅に体を滑り込ませることができた。二つの座布団に三つのお尻が収まり、飲み残しの瓶ビールで、枝豆や冷めた唐揚げや萎《しな》びたフライドポテトをつまむ。

何往復めかの仲居をようやく捕まえて、クリコは瓶ビールの追加を頼んだ。

「あと緑茶割り」

「ミーはカシスオレンジ」

「飲み放題にカシスオレンジは入っておりません」

「じゃあカルーアミルク」

「飲み放題には無いんですけど」

ミッキーは頼んだジンジャーエールが届くと、ビールのコップに足してちびちび啜り始めた。

「これってシャンディ・ガフ」

「ミッキーって飲めないんだ?」

「Well I can, but I mean、お肌に悪いから」

その時、クリコとミッキーの間に一人の老人が割り込んできた。

「あ！　人間ポンプさんだ」

人間ポンプは名刺を取り出してクリコに渡した。「人間ポンプ　世界でただ一人　野辺三郎」とある。

「へぇ、世界でただ一人なんだ」

「日本にあと二人いるけどな」

言いつつ野辺は右袖のシャツを引っ張り、金色に輝く時計を見せびらかすようにした。

「すごい時計ですね」

「大したことないよ」

ほんの二百万、と付け加えた。

「リングもお洒落」

ほんの百五十万、と付け加えた。

「俺はもうこの歳だから、楽しみというものがないんだよ。たまに女の子に頼んで膝枕させてもらうくらいかな。それ以上は無理なんだ」

言いつつ野辺は、ズボンのポケットから出したホテルのキーをクリコの前に置いた。ごめんなさい、とクリコはキーを押し戻した。

「若い子は、横の兄ちゃんみたいな色男がいいんだろ?」

ミッキーを睨《ね》め付けてから席を立った。それから十五分ほどしてモエがトイレに行く途中、別の席で仲居にキーを押し付けようとする野辺の姿があった。

9　トチ中野の部屋

シャンディ・ガフで耳まで赤くしたミッキーが帰宅したら十時を過ぎていた。

「こがぁに遅うまで、マミーに電話も入れんでから、あんたぁ何しよったんね」

「Sorry, Mum、野毛でアフターパーティーだったんだ」

「アホ、そがぁなジナクソなもんに行ってからに」

「だってモエとクリコが行きたがるんだもん」

「エリさんは、どしたんね？」

　エリがマリアンヌと残った、と知ってトチのこめかみに青筋が立った。ヘルパーのモエと大学院生のクリコはトチの眼中にない。息子に相応《ふさわ》しいのは、例えば緑に囲まれた山手のマリアンヌ邸。エリは五十代だが、年の差二十歳を実践するトチからすれば問題はない。

「ええ家の子と付き合いんさいって、前から言いよるじゃろ」

「ミーは誰とも付き合いたくない」

「あんたぁもう三十過ぎなんじゃけぇ、いつまでも甘えとっちゃいけんよ」

「It's not your business、自活してるし」

「自活？」

トチは鼻で笑った。パリからロンドンからニューヨークから、モロッコから台湾からアディスアベバから、青森から栃木から愛媛から、来るメールは決まって「金送れ」だった。

放浪癖と金銭感覚の無さを、息子は父から受け継いでいるらしい。トチの最初の夫は輸入雑貨で少しは知られる存在だった。アジアや中南米で安く仕入れて、日本で高く売った。原色の布や、自然素材のサンダルや、トンボ玉や、お香や、木彫りの人形や、二回以上洗濯すると破れる木綿のサルエルパンツ。忙しさの理由は仕事以上に女で、徐々に仕入れ値と売値のバランスが崩れていった。倒産寸前で離婚が成立したのは、先見の明だったとトチは思っている。夫の行方は杳《よう》として知れない。

世界を渡り歩く息子は、どこかで父と出会う偶然を心の隅で願っているのかも知れない。そう思えば不憫で、トチは心底からミッキーを叱ることができない。

「マミー、仲直り」

ハグされると、怒りも疲れも焦燥感も吹き飛んだ。もう一度、と差し伸べた手は空をつかんだ。シャネルの「エゴイスト」の残り香を、トチは胸いっぱい吸い込んだ。

10　ミッキーの夜と朝

いかなる旅先でも彼が手放さないもの、それは鏡である。

「お帰り、ミッキー」

鏡の中のミッキーが彼に微笑み返した。ほぼ完璧だと彼は思う。残念な点は、よくあることだが、鼻の頭のファンデーションが剝げかけている。下まぶたのマスカラが若干滲んでいる。より頻繁に化粧直しをすべきだった。

彼の夜のお手入れは、カラーコンタクトを外すことから始まる。洗面所に並ぶ色とりどりの瓶は、基礎化粧品である。メイク落としのオイルを顔面に満遍なく伸ばし、洗い流した後は、別のメイク落としを泡立てる。それでも納得できない日は、コットンに含ませた拭き取り用乳液を用いる。

最近のお気に入りは、プレ化粧水のジェルである。塗るなり肌に吸い込まれる実感がある。次は化粧水で、同じメーカーのものだが、こちらは肌に弾かれてノリが悪い。それからエッセンスを叩き込み、クリームで覆って保湿が完了する。

ミッキーは素肌の自分も嫌いではない。髪を七三に分けると、根元の黒が目立ち始めている。ついでに眉も染め直そう。まつげエクステとジェルネイルと美白注射と歯のホワイトニングとヒアルロン酸注入と脱毛と美容鍼。明日はサロンのハシゴになる。大道芸の二日間で溜まったストレスを癒し、自分にご褒美をあげる。世界でたった一人の、オンリーワンの自分を大切にしてあげるのだ。

指先で額を撫でる、通った鼻筋を確認する、唇の輪郭をなぞる。鏡の唇を、生身の唇で奪う。

冷たいよ、ミッキー。パジャマのボタンを一つ外し、肩をはだける。首から肩が、富士山のなめらかさだといつも思う。自分の首にキスできないもどかしさにため息をつく。ボタンをもう一つ外す。胸毛のない清潔な胸は自慢だ。乳首のピンクに、リップグロスを塗ってみる。濡れた乳首をつまむと、体の芯に痺れが走る。指についたグロスを舐めてみる。人工的なチェリーの香りが甘い吐き気を呼んでくる。ボタンを全て外し、腹筋に目をやる。マッチョなシックスパックは趣味ではない。わずかに脂肪が乗った滑らかさが好みだ。撫でていると、寒気のような感覚が下半身から立ちのぼってくる。疼《うず》きが形になりつつある。形を、躊躇なく握りしめる。ああ、ミッキー。ああ、ああ、ミッキー。乳首をつねる手に力が入り、痛みは滾《たぎ》る油となって快楽の火に投下される。

自分の足を食らう蛸のように、自分の中の男が、女よりもデリケートなこの体を貪っている。突然、白い光が迸《ほとばし》り、彼は栗の花の匂いとともに夜の底に取り残された。

朝日は残酷に、彼の顎に伸びかけた鬚《ひげ》を照らし出す。しかし彼が剃るのは鬚だけではない。こめかみから額にかけて、生え際を整えて広さを確保する。

カラーコンタクトは、明るいブルーにした。今日は「日本語、お上手ですね」と言われる確率が高くなるはずだ。

ファンデーションは明るめと暗めを混ぜて自分の色を作る。塗る箇所により大小のスポンジを使い分ける。コンシーラーで目の隈とシミを隠し、いったんパウダーを叩く。チークはブラウンを顔の輪郭に沿って入れ、頬骨のあたりに微かなピンクをぼかす。アイメイクは、まつ毛のエクステのおかげで付けまつ毛いらずになった。そのぶんシャドーとラインを丁寧に入れる。目頭と下まぶたには白のハイライト。まだ最大の難関が待ち受けている。眉である。髪と同じ色に染めてあるが、同色で描き足さないと顔が締まらない。はみ出すとやり直しで、焦りが加わってこれまでの努力が台無しになる。唇はパープルの輪郭を、ブラウン系の赤で埋めて、グロスで艶を出す。仕上げの香水は「エゴイスト」だ。

彼は朝が弱い、と思われている。寝起きの中野幹夫を「ミッキー」にするのに二時間を要すると知れば、むしろ早起きと言わねばなるまい。

11　トチの部屋

今度トチから呼び出しを受けたのはクリコだった。次のお話会に向けて「打ち合わせ」をするのだという。

クリコは白地に金のアラベスク模様が刺繍されたソファに腰を下ろした。大理石のテーブルにはトチ自作のフラワーアレンジメントが載っている。青みがかったショッキングピンクの濃淡から、数本の百合が首を伸ばしている。

「珍しい花ですね」

クリコはチュールを丸めたような花を指した。

「芍薬よ。隣の白い筋が入ったのが牡丹」

「なるほど、牡丹色ってこれなんですね」

「美人さんのことを『立てば芍薬、座れば牡丹、歩く姿は百合の花』って言うでしょ。三ついっぺんに活けてみたわけ」

「はぁ」

出された「健康茶」は腐った麦茶のようだと思ったが、むろんクリコは腐った麦茶を口にしたことはない。

「さっそくだけど、クリコさんは大学院生だったわね？　学校でコピーはし放題？」

「それはないです。一枚十円です」

トチは舌打ちをして足を組み替えた。

「コンビニと同じじゃないの」

「百均なら一枚五円もありますよ」

「じゃあ、お願いできるかしら」

トチが差し出したのは、手形である。機械に直接手を置いてコピーしたという。

「あなたの手を置いてごらんなさい」

「置きました」

「パワーを感じるでしょ？」

「はぁ」

お話会の常連はトチに手を握ってもらうのを楽しみにしている。痛む箇所に彼女が手を置くと、血行が良くなり、ぬるま湯に浸かったような感じがするらしい。評判の「トチ・ハンド」を、身近に感じてもらうために今回のコピーを考えついた。

「というのは、半分ウソ」

トチはクリコに顔を近づけ、口に片手を添えて、ある名前を囁《ささや》いた。

「有名な霊能者ですね」とクリコ。その彼の、手の実物大コピーを付録に付けた雑誌がある。

「雑誌に六百円払うより、三百円のトチ・ハンドのほうがお買い得じゃない？」

「ちょっと何言ってるか分からないです」

「お話会の後に、カルチャーと公民館のセミナーがあるのよ。とりあえず百枚、お願いね」

トチは黄色の「金運がま口」から五百円玉を一枚取り出してクリコの前に置いた。

「お駄賃とか、無いんですか？」

トチは返事の代わりにクリコの右手を両手で包み込んだ。

「パワーを注入しといたわ。あと、トチ・ハンド一枚付けてあげる」

12　モエの部屋

クリコがコピー用紙を抱えて帰宅すると、意外なことにモエはクリコのぶんのトチ・ハンドを欲しがった。

「単なるオバさんの手形だよ」

「トチさんの金運だけでもあやかりたいじゃないの」

モエはコピーをちゃぶ台の上に置くなりキャッと声をあげた。拭き忘れた醬油が、さっそくシミとなった。

「私はこんなだから運が向いてこないのね」

「今日の叔母ちゃん、面倒くさい」

モエは無視して、トチの手形の上に自分の手を重ね、目を瞑《つぶ》って何やら念じている。その手でクリコの腕を握った。

「ほら、熱いでしょ」

「叔母ちゃん、大丈夫?」

「私も参加したいな、トチさんのお話会」

「この前手伝いに行ったじゃない」

「今回は呼ばれてないし」

「リチャードに会いたいとか？」

「リチャードはもういいの」

リチャード「は」いらない、ということは、モエの胸には新たな面影が宿ったのだろうか。

「まさか、ミッキー？」

モエは俯いて、ラグの毛羽をいじっている。

「歳を考えなさいよ」

「そんな不純な気持ちじゃなくて」

ただ、美しいものを眺めていたいのだと言う。リチャードは生身だが、ミッキーはモエにとって「二次元」である。

「叔母ちゃん、二次元とか知ってるんだ」

「伊達にあんたと暮らしてないわよ」

モエは仕事も結婚も、離婚ですら惰性だった。宝塚や韓流スターにも無縁でここまで来て、憧れる心を知らずに老いていくのは無念である。モエはクリコに携帯の画面を差し出した。待ち受けがミッキーになっている。

「叔母ちゃん、悪趣味」

それ以上の言葉を、クリコは呑み込んだが、彼女はすでに気づいていた。モエの憧れの対象は、トチの至近距離にいる人物に限られる。

13　マリアンヌの部屋

モエは次のお話会を待つまでもなかった。日曜日の午後、再びミッキーが、予告もなく現れた。「ボンジュア、メイダァム」の後に彼は一本の赤い薔薇をマリアンヌに手渡した。彼女の蒼白な頬が一瞬赤らんだ。

「メルシー、ミッキー」

記憶力の乏しい母が彼の名前を覚えていたことに、エリは驚きを隠せなかった。席を外し、一輪挿しを持ってきた。青の部屋に一点の赤が映えた。

「マリアンヌとお呼びしていいですか。あなたは僕にとって一本の薔薇です」

「まぁ、聞きましたかエリ。こんな萎れた薔薇がどこにあるでしょう」

マリアンヌはその場の誰も聞いたことのないメロディを一節歌った。

「クリコさんなら分かるかしら。歌詞はロンサールの『カッサンドルへのオード』ですよ」

クリコによれば、十六世紀フランスの詩人が、心の恋人を詠んだ詩である。

「恋人よ、見に行こう、今朝お日様に真紅の衣を解いた薔薇だよ。あなたの顔色みたいに艶めいて、でも夕方には赤い衣の襞《ひだ》も儚《はかな》くなっていないかと」

薔薇も女も、朝に咲いて夕べに萎れる。だから遅くならないうちに「若さの花を摘みなさい」と詩人は娘を説得する。

「これってモラハラですよね。どうせすぐに劣化するのだから、今のうちに俺と付き合え、っていう理屈ですよね」

「クリコさんは厳しいのね。そもそもあなた、マルグリット・デュラスを研究なさっているのでしょ。デュラスの最後の恋人は四十歳近く年下ではなかったかしら」

「でも、その恋人はゲイでDVで生活力が無かったんですよね」

「年の差ならマクロン大統領だって居ますよ」

マクロンの妻となった人は、彼の同級生の母であり、彼の教師でもあった。年齢差は二十四歳と八カ月。

部屋に静寂が戻り、微かな寝息のするほうに視線が集中した。ミッキーは口を微かに開き、その胸は規則正しく上下していた。

14　トチのリビング

マリアンヌ宅から戻ったミッキーを、トチが待ち構えていた。

「薔薇、渡せたん？」

「マリアンヌさんは喜んでいたよ」

「ちぃとはエリさんと話したん？」

「Not really」

「冴えんね、あんたぁ」

「エリさんは喋る人じゃないし。ミーが何話す？　共通の話題ないし」

「もっとしっかりしんさい」

母子家庭を支えてきた自分、にトチの話は帰結する。夫の倒産前に別れたのは自分の運と機転の賜《たまもの》だと思っている。離婚後の再出発は、新子安の駅前で、カウンターだけの「スナック　旅路」だった。ビールと焼酎以外の酒を置く余裕はなかった。枝豆と乾き物のほかは、得意の出汁巻卵とお浸しがメニューの全てである。

店の二階の四畳半が住まいだった。ぐずる幹夫に因果を含めてから下の店に出勤した。常連は近所の年金生活者がほとんどで、カラオケの人気ナンバーワンは「青い山脈」だった。「銀座の恋の物語」を決まって入れるのは質屋の隠居で、肩に手を回してのデュエットは、入れ歯の口臭が辛かったのを覚えている。

やがて運が向いてきた。高橋が初めて現れた時は我が目を疑った。開店以来初のスーツ姿である。その日の会話で五十代、証券会社から子会社に出向中と判明した。出汁巻卵をうまそうに食べてくれた。次などないと思っていたのが、数日でまた現れた。ウイスキーの瓶を持参して、

「ボトルキープ」を頼んだ。以後、トチはその銘柄を切らさなくなった。

「ママは、色男に甘いんだから」

質屋の隠居に皮肉を言われても、高橋は笑って相手のグラスに自分の酒を注いだ。

常連の年齢が高いこともあって、十時には店は閑散とする。高橋ひとり飲み続けることが重なり、ついに終電を逃した一夜、トチは彼を二階へ誘った。幹夫の隣で高橋はすぐにイビキをかき始めたが、幹夫のほうは目が覚めたことを悟らせまいと体を縮めながら酒臭い息に耐えていた。

「教育上の配慮」で二人の逢瀬は店の二階からホテルに変わった。トチの髪を撫でながら高橋は自分が一目惚れだったと、問わず語りをした。あの日、スーパーの袋を手にしたトチとすれ違ったのである。彼女の背中が消えた店の前で、彼はしばらく躊躇していた。むかし、付き合っていた人の面影を彼はトチに見ていた。十数えてから、彼は店のドアを押した。

高橋は自分に関しては寡黙を通した。彼とは不倫だったのかどうかさえ分からない。少なくとも自分の使える金と時間を持っている男だった。一会社員の自由になる金額は知れているが、トチはいまだに高橋に感謝している。離婚で自信を失っていたトチに、まだ女の魅力があると教えてくれた。

私は新子安で終わる女じゃない。アルミの鍋に湯を沸かしながらホウレン草を洗っている時も、目の前の客にビールを注ぎながら別の客に愛想笑いを向けている時も、トチは自分に言い聞かせていた。

爪に火をともす、という言葉があの時のトチには相応しい。ホウレン草の根は捨てずに取っておき、刻んで醬油バター炒めにしたら幹夫は喜んで食べた。残り物の出汁巻卵は幹夫のごちそうだった。保育園で他の子供たちから一人離れ、指しゃぶりの止められない幹夫は、たまのオネショで母に何か訴えていたのかも知れない。この子が小学校に上がるまでに、京浜工業地帯の閑散とした駅からオサラバをするのだと、トチは固く決意していた。

高橋から手ほどきを受けた株に良い芽が出て、貯金と合わせれば一応はまとまった金額になる。幹夫を連れた、たまの中華街で、シュウマイとラーメンの後、裏通りに向いた足が「テナント募集中」の張り紙の前で止まった。鉛筆のように細長い雑居ビルの二階である。

物事は決まる時は早い。

「バー『Tochi』」の落とした照明が、壁を蜂蜜色に染めている。カウンターの後ろの壁にはウイスキーが並ぶ。高橋から得た知識と独学の成果だ。トチの切れ長の目に、緑のチャイナドレスはよく似合った。赤いルージュをわざと唇からはみ出すように塗って、彼女は自分を奮い立たせた。

「あの頃は、ほんまに毎日、戦いみたいなもんじゃったけぇね」

そこから先は、息子に語るべき言葉を持たない。彼女のため息に、ミッキーはスーと寝息で応えた。

15　トチの寝室

ベッドに潜り込んでも、トチの回想は続いた。

「バー『Tochi』は、狭い店内も開店前には妙に広く感じる。近所の酒屋が酒やソーダ水を運んでくる。「ホウさん」は固肥りの中年だった。ビールケースを軽々と持ち上げるが、その額には汗が浮かんでいる。

「おねさん、美人」

そのうち手を握ってくるようになった。はっきり押しのけなかったのが悪かった。ホウはある日、彼女の胴に手をかけ、トイレまで引きずっていった。壁に押し付けられながら、彼の太った腹を背中で受け止めて、アザラシに犯されているようだと思った。

快感がなかったわけではない。しかし、軽い嫌悪感は徐々に胸の底で淀んでいった。中華街は新子安よりもテナント代とみかじめ料が高かった。彼女は「T興業」の名刺を探した。みかじめ料とはこういう時のためにあるのではないか。

数日後、現れたホウは片目に眼帯をしていた。軽々とビールケースを運んだがひと言もなかった。

あれで自分は強くなれたのだとトチは思う。そのぶんT興業にはタダ酒を飲まれ、ハンドバッグで妙な小包を運んだりもしたが、勉強代と割り切った。

相変わらず出汁巻卵とお浸しは好評で、客筋は素人玄人取り混ぜ多彩になった。本牧や山手の外国人も混じるようになって、トチは張り切って『六ヵ国語会話』を丸暗記した。

バーニーさんには会って数回で結婚を迫られたが、その後、妻子持ちと判明する。マーさんは羽振りが良かったが、「牌九《パイガオ》」賭博で土地を取られてしまった。ホセは「一緒にブラジルへ行こう」と繰り返したが、言葉が甘い男に実行力は伴わない。

ウェイリーさんは最初から別格だった。腹が出て髪は後頭部を残すだけだが、目が鷹のようだった。カウンターの彼の席だけ薄暗く感じる。人に媚びず、人の媚びも受け入れない。

彼が座ると、黙ってバーボンのロックを前に置いた。阿吽《あうん》の呼吸に、彼は微笑みのようなものを浮かべる。

「終電に間に合いませんよ」

「近いから大丈夫」

彼の言う「近い」が本牧寄りの山手と分かるには時間がかかった。幹夫と一緒の散歩で、この辺りかと目星をつけたら、手入れされていない緑の奥に陰気な洋館が控えていた。

トチは雷に打たれたように感じた。私はここに住むべきなのだ。

ウェイリーのバーボンに、頼まれてもいないナッツを付けるようになった。彼が南部の出身と分かると、冷や飯にクミンシードとケチャップとカレー粉で作ったジャンバラヤのようなものをサービスした。

トチの料理は彼の舌に合うようだった。早めに来て、あれこれ頼みながら閉店近くまで粘るようになった。彼をトチのパトロンと誤解する客も多かった。

ウェイリーは会社を若い共同経営者にほぼ任せている。妻と離婚してからが長い。成人した娘はアメリカにいる。

彼の家に呼んでもらえるようになるまでに、トチは何皿のジャンバラヤを用意したことだろう。洋館の内部は湿った壁紙にカビが生え、ソファに埃が積もっていた。ベッドのシーツには染みが浮き、枕元は加齢とカビの匂いがした。冷蔵庫には飲みかけのコーラと缶ビールとオレンジジュースしか入っていなかった。

店の翌朝は、幹夫を学校へ送り出してから二度寝をすることが多い。トチは睡眠時間を削り、エプロン持参でウェイリー宅に通った。埃が減るにつれ、彼の表情が明るくなってきた。掃除は福を呼ぶ、というトチの信念はこの時に定まった。

週末には幹夫を連れて行くようになった。幹夫が最初に覚えた英語は「ダディ」と「アイラブユー」だった。

ウェイリーに籍を入れるという発想はなかった。トチはいったんウェイリー宅から撤退した。店でも彼とは目を合わさなくなった。彼の理性よりも先に、胃袋のほうが音を上げた。彼が差し出した指輪は、トチの予想を裏切る小粒だったが、彼女はオーバーアクションで喜んで見せた。

ウェイリーには今でも感謝をしている。トチは店を畳んで、専業主婦に納まった。幹夫はインターナショナルスクールに転校してミッキーになった。あの心臓発作さえなければ、今でも三人で楽しく暮らしていたはずだ。

「マイダーリン」

トチの脳裏で、ウェイリーの顔がリチャードのそれと入れ替わり、彼女は安らかな寝息を立て始めた。

16　ホウが友人に語る

この店の前のママ、ワタシ、ひっとい目に遭わしたネ。ワタシ、酒屋から配達に来てたョ。ママの名前トチ。ワタシに色っぽいの流し目する。手、握った。まんざらでないの感じ。たからワタシ、その気になるネ、店のトイレに連れてて、あんなコト、こんなコト。嫌がる、ない、わからない。ハウハウ、声、上げてたョ。何日かして、帰り道でワタシ、知らないの男に通せんぼされた。T興業の女に手ェ出す、ダメ。それで、右のストレート、バーン。尻もちついたネ。ポコポコされたョ。骨が折れる、ない、よかた。

トチ、やり手。ウェイリーの爺さん、知らない？　金持ったのアメリカ人。トチとケコンしたネ。てもトチ、すごいのヤキモチ焼き。爺さんに女から電話。携帯、トイレに流した、これ有名の話。ソファに金髪の髪の毛。ソファ、ハサミでメタ刺し。金髪は息子の小学校の友達のものダヨ。

アメリカから女名前の手紙、来た。コレ何、言うて爺さんの首ねっこ絞めた。爺さん、倒れるの心臓発作。女は爺さんのアメリカの娘だったネ。爺さん、死んじゃたヨ。

トチと娘、遺産で揉める、当たり前のコト。どうなった、よく分からない。でもトチ、やり手。家、建て替える。ヘルパーの仕事、今、シャチョさん。この前、すれ違った。ワタシ、無視された。ちょと悲しい。

17　マリアンヌの部屋

次の日曜日にもミッキーの姿は青い部屋にあった。赤い薔薇をこの日は二本持参していた。

「二本目はあなた、エリさんです」

「私にまでお気遣いいただいて」

「私にはないの？」とクリコ。

「私もいますよ」とモエ。

「来週を楽しみにしてください。それからこれは皆さんで」

エリはマドレーヌの箱を受け取った。そのまま台所に下がり、人数分の皿を用意し、包みを開けた。マドレーヌの上にカードが載っている。これをスカートのポケットに入れると同時に、モエが入ってきた。

「コーヒー、淹れましょうか」

「今日は紅茶にしましょう」

言い残してエリはトイレに入った。カードにはひとこと、「野毛山動物園に行きませんか？」とある。メールアドレスが添えられている。

部屋に戻ったエリは俯きがちだった。

「マドレーヌはこうしても美味しく頂けるんですよ」

マリアンヌは菓子の欠片《かけら》を紅茶に浸し、震える指で口に運んだ。クリコがさっそく真似をした。

「プルーストの小説だと、主人公はこれで田舎の少年時代を思い出すんですよね」

「わたくしの記憶は、白いままですよ。時々自分のことを、絵の具を塗り重ねてから削ったキャンバスのように感じます。真っ白じゃなくて、傷だらけの白」

「ママン、そんな言い方をするものじゃないわ」

「True!　マリアンヌさんには白よりも薔薇色が似合います」

母は頬を染め、娘は再び俯いてしまった。

客が帰り、モエは洗い物に立った。エリはポケットから例のカードを取り出し、マリアンヌに見せた。

「こんな小さな字じゃ読めませんよ」

「野毛山動物園に行きませんか、ですって」

「どなたが？」

「ミッキーです」

「あら、良かったわね」

「あのミッキーですよ」

「あの子は、生きたお人形さんね」

白内障の母にはミッキーの厚化粧が分からないのだとエリは思った。

「動物園だなんて、子どもみたい。可愛いじゃないの。行ってあげなさい」

エリは開いた口が塞がらない。彼女の十代から四十代にかけて、連れてくる男をことごとく粉砕した母である。青春返せ、と母に迫るたびに、「お前が勝手に別れておいて、わたくしを責める」と切り返された。不毛な喧嘩の繰り返しで母は老いて、今では言い合いをする気力も無くなってしまった。

「エリ、どうしたの？」

「何でもない」

笑顔を作ったが、エリの内心は嵐だった。自分はミッキーの母親になれる年齢だ。マリアンヌすら、もはやエリを女として見ていないのかもしれない。動物園に誘うミッキーは、男なのか子供なのか。あるいは単なる悪い冗談か。

ミッキーに対する嫌悪感が一挙にひっくり返ると、どうなるのか。エリにはそれが恐ろしかった。

その夜、エリは一人の居酒屋で、ミッキーのカードを肴《さかな》に酎ハイを飲んだ。仕事とマリアンヌと酒の日々に、わずかな潤いを自分に許してもいいのではないか。動物園が目的であり、ミッキーはそのための手段に過ぎない、と思うことにした。

翌日、仕事の合間に携帯を打った。

〈土曜日の午後なら大丈夫です〉

すぐに返事が来て、桜木町駅に二時と決まった。またひとつ面倒を背負い込んでしまった、とエリは自分に言い聞かせる。さもないと喜んでしまいそうだった。

18　トチ・ナッピー

全てはトチの一言から始まった。

「おむつは英語でなんて言うの」

アメリカ英語ならダイアパーだが、イギリス人のリチャードは「ナッピー」と答えた。その音の響きを、トチはたいそう気に入ったようだった。

やがて大量の端切れがトチの元に届いた。「スマイル光」に所属するヘルパーたちで、アルバイトを希望する者のところに新たな指令が下った。端切れで長方形のネル生地を包み、オムツの形に仕上げる。自分たちが何を作らされているのか分からないまま、仕事は捗《はかど》った。

次の「お話会」には大量の「トチ・ナッピー」が、サイズを取り揃えて用意されていた。

「冷え性でお困りの方は、多いですね。私も昔は苦しみました。冷えの根はどこにあるのかお分かりですか？　冷え性といえば女性でしょう？　そう、子宮に由来するのです。子宮と直接に連動しているのが足の裏です。だから夜でも靴下は手放せません。でも足ばかり温めても、肝心の子宮に熱が届かなければ健康体は取り戻せないのです。腹巻も悪くはありませんが、締め付けで体が悲鳴を上げてしまいます。そこでトチは考えました。ゆったり、まったり、子宮周りを温める、地球と自分に優しい方法はないものか。そこで開発されたのが、この『トチ・ナッピー』なのです。

ナッピーは英語でおむつのことを指します。おむつは、赤ちゃんとお年寄りだけのもの、と思っていませんか？　今日ご紹介するのは、おしゃれな和装小物のような逸品です。下着代わりでも、下着の上からでも構いません。寝る前に、自分を大きな赤ちゃんだと思って、ナッピーを装着してあげてください。おまたの部分は内部にネルを使用してありますから、自然な温かさが体の内側まで届いて、やがて頭の芯までトローンとして、最上の眠りが訪れます。

皆さんはトチの手が熱を発するのを、すでにご経験済みですよね。このナッピーも、一枚、一枚、私が両手で抱きしめて、パワーをこめてあります。洗濯してもパワーは取れませんからご安心くださいね。温かさが薄れてきたわ、と思われたら、こちらにご持参ください。またパワーを入れますよ」

一枚三千五百円。リチャードがお釣りの千円札と五百円玉を手際よく渡していく。

客の最後の一人を送り出したとたん、トチの顔から笑顔が消えた。台所のリチャードは彼のスコッチに氷を足している。

「ただいま」

ミッキーはリチャードと目を合わせずに廊下へ向かい、自分の部屋のドアを音を立てて閉めた。トチは慌ててミッキーの後を追った。リチャードは肩をすくめて、再びスコッチに没頭した。

19　野毛山動物園

野毛の坂を登るミッキーから数歩遅れてエリが続く。ミッキーは時々立ち止まって彼女が追いつくのを待っている。汗ばむ陽気に息を切らせている自分が情けなく、エリは唇を噛んだ。

土曜日、昼下がりの動物園は親子連れが多い。エリがこの前に来てから二十年以上は経つ。あの日は平日の午後で人影はなく、やる気のなさそうな象が皺だらけの尻をこちらに向けていた。尻の隣には、ランドマークタワーがそびえていた。

現在は数本の木がタワーを隠している。象の柵の住人は鳥たちに変わっていた。黒や白の羽が羽ばたく中で、初めて見るトキは毒々しいほどの朱色だった。それだけのことでエリは軽い失望を覚えた。私はこの場に何を期待して来たのだろうか。口が乾き、ペットボトルを忘れたことに気づいた。

レッサーパンダは四本の足を垂らして棒の上に伸びていた。ライオンは前脚を揃え、謎めいた瞳はスフィンクスを想起させた。夏を先取りした暑さの中で、毛皮でいることの悲哀を、エリは自分のことのように感じた。隣のミッキーの無言がそろそろ重くなりかけていた。

この園は、丘の斜面に沿って柵が点在する。インドクジャクの長く引きずる羽が純白のレースのようで、エリの足が止まった。ミッキーは一人で石段を降りていく。

「ミッキー?」

振り向いた彼を、エリは霊長類のクジャクだと思った。

「白いクジャク。綺麗でしょ?」

「Pretty」

「羽がウエディングドレスみたい」

言ってしまってからエリの胸に痛みが走った。自分と最も縁がないはずのものだった。石段を降りるとキリンとフラミンゴ、と覚えていた。キリンの舌は黒いのだ。前回は桜の季節で、降りしきる花びらと鳥のピンクで目が染まった。フラミンゴの実物は記憶の淡い色彩を裏切って、赤味が濃い。あの時隣にいたのは別の人だった。その思い出を振り払うつもりでエリはミッキーの手を取った。手を繋いで歩く二人の横で、アフリカのサルたちが歯を剥いて手を打ち、耳障りな鳴き声を上げていた。

「喉が渇いたわ」

「水？　ビール？」

「明るいうちからビールも悪くないわね」

「As you like it」

下り坂はミッキーと同じ歩調になっていた。初めての店に入ることにした。歩道にテーブルが出ている。タパスとワインが中心だが二人ともビールにした。

「あれだけのZooがfree、very nice」

「外国のズーはどうなの」

「レイキャヴィクのZooは狐がメイン。あとは馬、牛、豚、兎。それで八百円。誰もいなかったよ」

「レイキャヴィクって？」

「アイスランドの首都だよ。真夏でも十五度ぐらい」

ミッキーはビールを舐めている。自分のグラスがどんどん減っていくことにエリは焦った。この場にモエがいてくれたら、自分たちが主流派になる、と彼女は思った。そして二杯目を注文していた。

「ごめんなさい、私ばかり」

「No problem」

今度はミッキーがエリの手を取った。彼女は曖昧な表情になり、手を引っ込めてしまった。

「私、オバさんだから」

「Age is just a number、気にすることないよ。Take it easy」

「テイク・イット・イージー？」

「エリはもっと楽しんだほうがいい」

「楽しんじゃいけない、って思って来たのよね。本当は動物園どころじゃなくて、母の面倒を見ないといけないのに」

「Come on!　お母さんだってエリが楽しいほうがhappyだよ」

「そうでもないと思うわ」

「大丈夫。マリアンヌは僕のことが好き。僕もマリアンヌとエリが好き」

エリ単品ではどうなのか、聞けずに彼女は三杯目をワインにした。

「ミッキーは動物園のほかには何が好き？」

「音楽とか」

「何を聴くの？」

「Queenとか」

「渋いわね。どの曲が好き?」

「Bohemian Rhapsody。マミーがよく聴いてる」

「他には?」

「Rod Stewartとか」

「またまた渋いわね」

「マミーがよく聴いてる」

四杯目のワインを水の勢いで飲むと、エリはミッキーの手を取った。彼はされるがままだった。それ以上を求めても、おそらく彼は「As you like it」と答えるはずだ。マミーの人形を、少し貸してもらっているだけかもしれない。そこを割り切れば、素敵な人形がエリの手に入る。私には人形が必要なのだろうか。不必要だと決めてかかるつもりはない。「若さの花を摘みなさい」と耳元で誰かが囁いた。

気がつくと勘定書がエリの前にあった。飲んで食べたのは殆ど自分、と分かっている。陽の落ちた路地で、ミッキーの腕に自分の腕を絡ませて歩いた。街の裏にはラブホテルが潜んでいることをエリは心得ていたが、そのまま駅で別れた。彼女の額に彼の冷たい唇が押し当てられたのが、その日の最後の記憶だ。

20　トチのリビング

トチはミッキーを待っていた。

「どうじゃった？」

彼は気だるげにVサインを出した。

「やることは、やったん？」

「What do you mean?」

「エリさんとどこまで行ったんね？」

「野毛山動物園まで」

「バカタレ！」

ミッキーはエリから腕を絡めて来たことを報告した。

「ようやった」

言葉と裏腹に、トチは目に暗い光を宿した。

「もうちぃとだけ、頑張りんさいよ」

「マミーはミーが『頑張る』大嫌いなこと、知ってるでしょ」

エリを落とせば、当分は頑張らなくても済むのだと、トチは言い聞かせた。

「エリはミーが好き。自分がオバさんだから気にしてる。かわいいよ」

「あんたが本気ンなっても、しょうがなかろうに」

「ミーに本気はないよ。As you like it だよ」

ミッキーには覇気が足りない、と歯がゆく思いながらも、トチは半分安心してしまう。彼女の表情が緩んだ瞬間に、ミッキーは軽くハグをした。

「You know that I love you, Mom」

「I know」

「エリのことは、うまくいくさ」

「『梅花飯店』のお嬢さんの時も同じこと言《ゆ》いよったくせに」

ミッキーは額へのキスでトチを黙らせ、寝室に引き下がった。

21 マリアンヌの部屋

翌日の日曜日、ミッキーは四本の薔薇を持って現れた。クリコとモエにも一本ずつ差し出した。

「この部屋はミーにとって薔薇の花園です」

マリアンヌが悪戯《いたずら》っぽい笑顔になった。

「一本は萎れているし、萎れかけが二本。咲き誇っているのはクリコさんだけね」

マリアンヌに「萎れかけ」扱いされて、モエとエリは互いの顔を見比べた。

「ミッキーさん、動物園は楽しかった？」、マリアンヌはさらりと言ってのけた。

エリの慌てる気配で、モエとクリコは大体の事情を察した。

「楽しかったよ」とミッキー。「エリは？」

「萎れかけが、こんな若い方とおデートできて、楽しゅうございました」

ミッキーは顔に微笑みを貼り付けたまま立ち上がり、エリの椅子の背に両手を掛けた。

「ミッキーさん、芸を見せてくださる？」

彼は自分で自分にネジを巻く動作をし、ミッキーマウス・マーチをハミングしながら、操り人形のぎこちなさで踊って見せた。

「トレビアン。わたくしがあと七十歳若かったら、ミッキーさんと動物園に行くのだけれど」

「ミーはいつでもＯＫですよ」

「車椅子で動物園は、わたくしが無理です」

母がその気にならなかったことで、エリは胸をなでおろした。人混みでの感染は避けたかった。

その夜、エリの携帯にミッキーからのメールが入った。

〈今度の土曜日、あの店で？〉

エリは自分のため息が安堵なのか困惑なのか、分からないままＯＫのメールを返した。

22　野毛のバル

五分前にエリが着くと、ミッキーは飲みかけのペリエを前に座っていた。完璧なメイクが彼から表情を奪っている。

「ハロー、私のお人形さん」

彼はロボットの動きでグラスを口に運んで見せた。エリの一杯目はビールである。アンチョビの小皿と豆のサラダが運ばれてきた。

「お待たせ！」

皿から顔を上げたミッキーは、モエとクリコが並んで立っているのを認め、フォークを取り落としそうになった。

「お邪魔かしら」とモエ。

「お邪魔よね？」とクリコ。

「よく私たちがここにいるって分かったわね」、エリはにやにやしている。

「自分が知らせておいて、よく言うよ」

モエとクリコは隣の席から椅子を運んで、二人の前に腰を下ろした。

「Why?　なんで知らせた？」

「だってあなたと一緒のところを自慢したかったんだもん」

ヒューヒュー、とクリコ。

「エリさんのどこが気に入ったんですか?」

モエはインタビューのマイクを彼に差し出す動作をした。ミッキーは押し黙ってしまった。

「彼じゃないの、私が彼を好きなのよ」

「じゃあ私も同じだわ」とクリコ。

「私だってミッキーが好きよ」とモエ。

ミッキーはグラスを口につけてから、中が空であることに気づいた。

「もっといいものを飲みましょうよ」

「ビール? ワイン?」

「シャンディ・ガフでしょ?」

運ばれてきた飲み物は、ひと口でグラスの半分ほどが消えた。

「本当はいける口じゃないの」

「アルコールはお肌に悪いから」

「たまにはいいじゃない。こうして薔薇が三本も集まったんだから」

「二本は萎れかけてるけどね」

モエはワインのデカンタを、クリコはアヒージョやバーニャカウダやスペインオムレツを追加注文した。ミッキーの前にもグラスは置かれ、軽く冷やした赤が注がれた。

「ポリフェノールたっぷり、体にいいわよ」

「ミッキーの美貌に乾杯！」

全員のグラスが景気のいい音を立て、ミッキーの内なるネジが一本飛んだ。彼は猛然とスペインオムレツを頬張り出した。彼の飲みかけのワインに、卵の滓《かす》が浮かんでいるのをエリは冷ややかな気持ちで見つめた。

「ねぇねぇミッキー、整形幾らかかったの？」

クリコは目を輝かせて尋ねた。

「ミーは整形してないよ」

「えー、でも鼻とか絶対プロテーゼ入ってるよね。ちょっと触らせて」

「やめなさいクリコ」、モエはむしろけしかける口調になった。

ミッキーはクリコの手をかろうじて払いのけた。クリコは指についたファンデーションを、珍しいもののように眺めている。

「Goddamn!」

大声ではないがよく通る声だった。店の奥まで一瞬にして静まり返った。

「クリコちゃん、悪戯《いたずら》が過ぎますよ。ミッキーも機嫌を直して」

エリは幼児をあやす口調になった。

「みんなミッキーが大好きなのよ」

「そうよ、大好きよ」

彼はあからさまに混乱していた。酔いが彼の顔をまだらに染めていた。メイクが落ちてきたらしい。彼はトイレに立ち、戻ってきたときは蒼白になっていた。

「ミーはもう帰る」

勘定書がエリの前に置かれた。

「ごちそうさま」

モエとクリコが声を揃えた。

23　マリアンヌの部屋

翌日の日曜日の午後、現れたミッキーはいつにも増して強張った表情をしていた。

「ごめんなさいね、この子たちが調子に乗って、失礼をしたと聞きました」

「マリアンヌさんが謝ること、ないです」

「私に免じて、許してやってください」

お詫びのしるし、とエリが小箱を差し出した。

「ゲランのメテオリットよ」

「Wow!」、ミッキーの青い瞳が輝いた。彼がコーヒーに口をつけたところで玄関のチャイムが鳴った。モエが連れてきた人物を目にして、彼は再び顔を曇らせた。

「ミッキーさん、そんな顔をするものではありませんよ。義理とはいえ、お父様なのですから」

リチャードはマリアンヌとミッキーの間で視線を往復させた。

「ボク、呼ばれたのは、この男のためですか」

「リチャードさん、義理とはいえ、息子さんじゃありませんか」

「ボク、四十歳ちょっと余る。この男、三十歳。息子、ありえない」

「Age is just a number」とエリ。

「そうですよ。わたくしから見れば、皆さんは全員ひよっ子です」

マリアンヌはモエからリチャードとミッキーの不仲を聞かされていた。昨晩の「合コン」の仔細で散々笑ったあげく、彼女は酔狂にも二人の仲を取りなすつもりになった。無職に限りなく近い二人は、朝に声をかけられて午後には登場した、というわけだ。

「こんなことを言うと嫌かもしれませんが、お二人には共通点があります」

甲斐性がないこと、とクリコとエリとモエは思った。

「お二人ともトチさんを愛し、トチさんに愛されています。同じ愛を、分けあっているのです。分けても愛は半分には減りません。むしろ二倍になるのです」

日曜日の神父の説教を聞かされているようだ、と三人の女たちは思った。意外なことにリチャードは、ミッキーに握手の手を差し伸べた。

「No、ミーのダディーはウェイリーさんだけ」

「We don't know each other. 友達から始めよう」

ミッキーは躊躇してから出された手を握った。その場の全員が拍手をした。

「嬉しいわ。わたくしに二人の孫ができました」

それでは自分は二人の母だと言うのか。エリは憮然とした。

マリアンヌ宅を退出するなり、男二人は無言のまま右と左に別れた。

帰宅したミッキーは、トチに経緯を説明した。

「マリアンヌさんは、あんたらのことを孫、言《ゆ》うちゃったんじゃね」

トチの脳裏で、ミッキーはエリの夫からマリアンヌの孫に変換された。ミッキーはメテオリットをひと刷毛《はけ》顔に乗せて、鏡に向かって微笑んだ。

最終話　マリアンヌ修復研究所

1　「鷺の湯」にて

スーパー銭湯と呼ぶには狭いが、銭湯としては広い。男女ともに黒湯《くろゆ》の湧く露天がある。屋内は普通の湯と黒湯の二種類にサウナが付いている。

最近、黒湯は流行りの炭酸泉になって、いっときはその浴槽だけ芋を茹でているがごとき様相を呈した。

しばらくぶりの朋子は、黒湯炭酸泉の浴槽に二人きりと知って、思わず笑みを漏らした。低めの温度ゆえ、いつまででも入っていられる。しかし銭湯の長風呂は他人の迷惑。露天に移ってみたら気が付いた。黒湯は温度が高めのほうが肌に染みる。炭酸泉が飽きられたのは必然であった。

カランの側を通ると濃艶な花の香りが鼻を打った。紫色のシャンプーとリンスが並んでいる。

ボトルの花瓶のような膨らみが八十歳の乙女心を刺激した。商品名を確かめようと手に取り、気がついたら座り込んでシャンプーをしていた。リンスも済ませて露天に戻った。

再びの炭酸泉で肌を落ち着けてからシャワーを浴び、浴室を出ようとしてハタと気づいた。忘れ物のつもりで先ほどのシャンプーとリンスを抱えたところで肩に手が掛かった。

「あんたそれ、あたしのだよ」

朋子はモノを抱えたまま呆然としている。

「泥棒！」

パーマの髪を赤く染めた五十がらみの女は、甲高い声を上げた。全員の視線を感じて朋子は口をわななかせている。店の女性が割って入った。着替えた後も朋子はすすり泣きをやめず、帰ろうとしない。

以上の報告を携帯で受けて、モエは母の回収に急いだ。モエを一目見るなり、朋子は叱られるのを怖がる子供のように後ずさった。モエは出かかった言葉を呑み込んだ。車中の二人は沈黙のままだった。家のドアを開けるなりモエは絶句した。クリスタルの暖簾《のれん》が掛かっている。暖簾を分けて入った居間にもきらめきが満ちている。

「素敵でしょ？」

先ほどの騒動を忘れたかのような呑気な声だ。目が慣れてみると、カーテンやソファのカバーにもクリスタルが散らばっている。花器には本物のススキの横でクリスタルのそれが輝いている。

言葉もないモエに、朋子は友人のヨシヱと箱根に一泊した話を始めた。夕食のバイキングはデザートを全種類制覇したと目を細める。チェックアウト後の手持ち無沙汰に、箱根ガラスの森美術館へ寄った。

「箱根は小さな美術館が結構あるでしょ？　お高い割には見かけ倒しだったりするのよね」

ガラスの森は敷地に入るなり胸が高鳴った。クリスタルの葉を茂らせた木々。光を裁断したようなオブジェ。ガラスの薔薇《ばら》。ススキとクリスタルのコラボはここで学んだ。

光のアーチを通って館内に入る。

「シャンデリアが素敵なの」

わが家の天井を見上げ、ため息をついた。

「スワロフスキーが十万円であるのよ。ＬＥＤ対応」

「もうこれ以上モノを増やさないで頂戴」

父親の企業年金を、死後一括で受け取って、母の老後資金として預金してある。残高が気になるところだが恐ろしくて聞けない。

「欲しいものは何でも手に入れるから、今日みたいなことになるんだわ」

涙が一筋、朋子の頬を伝った。

「悪気はないのよ、うっかりしちゃったの」

「悪気がなくて許されるなら、お巡りさんはいらないって」

朋子は半分泣きながらモエを睨んだ。

「だって、寂しいんだもの」

「ヨシヱさんがいるじゃない」

「ヨシヱは旦那さんがいるし、娘さんの孫が遊びに来て、何かと忙しいのよ」

「出戻りで、孫も作れなくて悪かったわね」

「お前のそういうところが男の人に嫌われるのよ」

「私は寂しくたって人のシャンプーに手なんか出さないもん」

「お前がいてくれたら、私だってそんなことにはならなかったんだ。日曜日だというのに顔も見せないで」

仕事とはいえ人の介護に明け暮れて、自分の親をないがしろにしてきたと、親本人に言われれば返す言葉はない。薄暮に沈む部屋で、クリスタルのみギラついていた。

2 ひなげし会

トチ中野は恒例のお話会を終えたところである。足を組み、赤い爪に煙草を挟み、鼻から煙を出している。幸運と健康のアドバイザーの表の顔が剝げ落ちて、昔取った杵柄《きねづか》の、水商売のカタチになっている。リチャードが客のグラスを洗い、モエがテーブルを拭いている。

「今日はモエさん、元気がないわね」

モエは拭き掃除を終え、掃除機を使いながら朋子の顚末をダイジェスト版で語った。

「お母さんも、ひなげし会に入ったら？」

「ひなげし会？」

「あなたにはまだ話してなかったかしら？」

新規事業に手を出すのはトチの癖で、ほどほど儲けたところで次に行くことが彼女の大成を阻んでいる。

きっかけはリチャードだった。十九歳年下の美形がトチに寄り添う姿を羨ましがらない客はいない。彼女たちのほとんどは、仮面夫婦か未婚、でなければバツイチである。

「出会いの場を、作ってあげようと思って」

「シニアの婚活ですか」

「婚活、流行ってるじゃない？」

「男性、足りないんじゃないですか？」

トチは介護の仕事上、地域包括支援センターに出入りしている。張り紙を出し、さらに顔見知りのケアマネジャーに情報を周知徹底すれば、孤独な男性は「入れ食い状態」になる。トチはもう一つ、黄金の人脈を持っていた。リチャードの周辺の外国人は、ほとんどが定職を持たず、怪しい英会話講師やバーテンダーでその日暮らしをしている。彼らに小金のあるおばさんを世話するのは人道的配慮というものだ。

「トチさん、さすが。目の付けどころが違いますね」

「我ながら悪くないと思うわ。あなたのお母さんにもどうかしら？」

「でも入会金とか、会費とか」

入会金は十万円。月に二人紹介で八千円。お見合い一回につき五千円。パーティーも五千円。

「入会金、無理です」

モエの頭の中では十万円のシャンデリアが点滅していた。

「あなたのお母さんなら、特別に入会金は免除してあげるわよ」

モエは小首を傾《かし》げている。

「一度、パーティーに出てみたら？」

今度の土曜日、モエは勤務が入っていない。パーティーを手伝う代わりに、朋子の参加費を無料にしてやる。そこまで言われてモエも首を縦に振った。

3　Xホテル、カトレアの間

中堅どころのホテルで、窓に港の眺望がある、というのがトチの条件だった。ランチのビュッフェで五千円は、品数を最低限に抑えてある。スモークサーモンのサラダは、くたびれたレタスに、オレンジ色の断片が申し訳のように混ざっている。肉団子の餡掛け。サンドイッチ。ピラフ。ミートソースパスタ。焼そば。一口大のケーキは断面が干からびている。

ホテルは唐揚げとピザを推奨したが、トチは年寄りの歯に合わないと断った。ソフトドリンクはオレンジジュースと烏龍茶。アルコールはビールとワインと日本酒。集団見合いでがぶ飲みはするまいと、少なめの用意になっている。

会場は立食だが、壁際の椅子は数を揃えている。「ひなげし会　お出会い広場」の看板には二万円取られたが、花は持ち込みにさせてもらい、知り合いの花屋で廃棄寸前を大量に安く仕入れた。トチとモエにリチャードとクリコも加わり、人海戦術で会場に届け、トチがアレンジの腕を振るった。

皆、定刻の十分前には集合する。開始五分前に到着すれば「遅れてすみません」と謝らねばならない雰囲気である。男性はジャケット着用で、色は紺とグレーに集中している。女性はピンクやベージュなどのパステルカラーのワンピースが多い。

「皆様、お出会い広場にようこそおいでくださいました。地球の人口は七十七億、その中で皆様が今日こうして集まられたことは、それだけで奇跡と言えましょう。お出会いを大切にして、心ときめく会話のひと時をお楽しみください。人生は定年退職と子育ての後が本番です。私も人生いろいろ、男もいろいろでございましたが、今はこうしてダーリンが居てくれます。ねえ、ダーリン」

トチはリチャードの腕に自分の腕を絡ませた。会場から拍手が起こった。リチャードの笑顔が泣き顔に近いと知っているのはモエとクリコだけだ。

「皆さんも素敵なダーリンを見つけてくださいね」

乾杯し、ひとしきり料理を取り終わったところで自己紹介タイムとなる。

4　佐倉徳次郎など

「佐倉徳次郎と申します。私は何歳に見えますかな？　いやいやとんでもない。こう見えて七十歳。お若いですねと会社の女の子は言ってくれますが、いやはやどうも、ジジイで困ります。町の小さな建築会社ですが、息子に任せましてね、悠々自適と言いたいところですが、息子のやつがどうにも頼りない。せっかく関東学院まで出してやったのに、よく言えばおっとりしている。悪く言えば、母親に似たんでしょうな。

妻は箱入り娘でして、私はこう見えて中卒で小僧からの叩き上げですよ。妻ですか？　二年前に亡くなりました。えーと、スキスルでしたかね、ああ、スキルスね。うん、その胃癌でね。あと半年と言われて三カ月しか持たなかったですからな。アガリスク？　アガリクス？　プロポリス？　色々と飲ませましたが、高い割に効かないもんです。

身の回りのことはお手伝いさんが週二回、あとは息子の嫁がたまに料理を運んでくれますが、妻には敵いませんよ。妻の肉じゃがは、芋が煮汁を吸ってホクホクでしたが、今の若いものが作るとビチョビチョで食べられたもんじゃありません。まごころが足りんのでしょうな。『まごころの建築』は我が社の社訓でして。こう見えて私は叩き上げですからな。息子はせっかく関東学院まで出してやったのに、仕事を取りに行くガッツがない」

そこでトチ中野が割って入った。

「最後に好みの女性のタイプを聞かせていただけますか」

「八千草薫。うちの母親がよく似ていると言われたもんです。おっとりしていて、割烹着が似合って、夕食は四品か五品チャッチャと作れて、アイロンがピシッと掛けられれば、あとは贅沢は言いませんよ」

女性たちは互いに顔を見合わせて苦笑している。次に自己紹介に立ったのは、スーツの胸に造花を付けた小柄な女性である。黒く染めた髪の頭頂部が薄くなりかけている。「八千草薫じゃなくてごめんなさい」、笑いを取ってから話を始めた。夫と死別し、子供たちもそれぞれ家庭を持っている。

「一人暮らしは気楽ですが、桜の季節に一緒に花を見てくれる人が欲しいと思って今日は参加させていただきました」

山岸せつ子、というのが彼女の名前だが、笑顔を徳次郎のほうに向けて「得意料理は肉じゃがです」と再び笑いを取った。

次の男性は一目で中近東出身とわかる。

「ムハンマド・イブン＝ハキームです。ムッちゃん、呼んでください。パキスタンから来ました。でも横浜に住んで三十五年だからハマっ子です。仕事は宝石輸入販売です。私、日本の女の人、大好き。でも前の奥さん、宝石いっぱい持って逃げた。今度は逃げない人、欲しいです。豚肉以外何でも食べます」

本来は朋子の番だが、隣に座ったモエが手を挙げた。

「山田モエと申します。トチ先生のところで働いています。嫌いなものは豚肉、好きなものは宝石です。ムッちゃん、ぜひお友達になってください」

ムッちゃんは苦笑している。モエが作った昨日の夕食がトンカツと知っているクリコは笑いを堪《こら》えている。トチは鋭い一瞥《いちべつ》をモエに送った。

「モエさん、お母様の番ですよ」

「こちらが母の朋子です」

母娘で婚活ですって、という囁《ささや》きが方々で聞かれた。朋子は肩をすぼめて居心地悪そうにしている。

「朋子さん、頑張って」

声をかけたのは、ベージュのジャケットにアスコットタイの、七十がらみの紳士である。朋子は彼に向かって会釈してから「娘が失礼しました」とようやく絞り出した。そのまま一礼して、着席してしまった。

女性は四十代もいたが、朋子の八十歳が最高年齢だった。男女ともに五十代後半から六十代が多い。

5　フリートーク

トチの「ひなげし会」は回転寿司方式を採用していない。回転寿司方式は女子の席が固定されている。持ち時間数分で男子が次の席に移動する。各自には番号が振られていて、自分の気に入った相手の番号を最後に提出し、マッチングを行う。短時間で多数をこなせるが、一人ずつの印象が薄くなる。

トチの場合は皆にあらかじめ名刺を用意してもらう。手持ちがあればよし、無ければトチに依頼する。紅の縁取りの「縁結びハッピーオーラカード」は、三十枚三千円でトチの念が込めてある。これに印刷してもらう内容は自由で、個人情報をどこまで明かすかは自己責任である。

「生まれて初めて名刺を持って嬉しいです」

主婦は喜んでくれるが、まさかリチャードが型落ちのプリンターで手作りをしているとは知らない。

大抵は名前と携帯番号で、「ベイスターズのファンです」など一言添えられている。櫻建設の佐倉徳次郎の場合はむろん自前である。「櫻建設相談役」から始まって、町内会会長、地域文化プラザ嘱託顧問、市立病院市民委員、県議会議員後援会長、などで名刺の面積が埋め尽くされている。

その活字だらけの名刺を、佐倉徳次郎は女性全員に配り歩いている。

トチに叱られ、モエはムハンマドに謝りに行った。

「会員でもないのに、出しゃばって、ごめんなさい」

「そんなことない。モエさん、正直です。私、正直、好き。今度、お茶しませんか。綺麗の石、お見せします」

「本当ですか?」

「あなたの瞳、キャッツアイみたい。眩しいよ」

モエはトチに目をつけられる前に、彼の名刺をまずはエプロンのポケットに隠した。

名刺をばら撒き終えた佐倉徳次郎の元に、戻ってくる女性は皆無だった。自己紹介での彼は、婚活で気をつけるべき地雷を踏んでいた。自分の自慢と亡妻の自慢である。手持ち無沙汰の男はワインを楽しんでいる振りをする。

「お邪魔じゃないですか?」

山岸せつ子が隣に座った。彼女はすでに数人に声をかけられていた。美人というわけではないが、お多福に似た顔の、目元がいつも笑っている。

「佐倉さんの奥様が羨ましいわ。こんなに旦那様に想っていただけるなんて」

「いやあ、愚妻ですよ。亡くなってみると、それでも寂しいもんです」

「わかります」

彼の空になったグラスに、せつ子は慣れた手つきでワインを注いだ。

その頃、朋子は手持ち無沙汰で、ケーキを楽しんでいる振りをしていた。

「お隣、よろしいですか」

アスコットタイの紳士である。

「先ほどはお恥ずかしいところをお目にかけてしまって」

「何をおっしゃる。さっぱりしたいい娘さんじゃないですか」

「親のことは放ったらかしなんですよ」

「娘さんには感謝だな。こうして朋子さんとお会いできたんだから」

彼から渡された名刺には某大学の「名誉教授」とある。

「まあ、素晴らしい。名誉って何ですの？」

「大袈裟ですが、引退した、というだけの意味ですよ」

朋子が何か言いかけたとき、トチがマイクを握って中締めとなった。

6　ムッちゃん

モエのスマホが鳴り、見覚えのない番号と思ったらムッちゃんだった。横浜のみなとみらいで、三日間、大規模な国際宝飾展が開催される。

「興味ある？　招待券、送るョ」

招待券なしの一般客は入場に五千円払う。来場者のほとんどはバイヤーである。

「僕の会社もブース、出す。見にきたら楽しいネ」

三日とも平日である。十時から十八時。最終日の金曜日は十七時まで。金曜日なら夜勤の人に頼めば二時間ほど浮かせることができる。

「招待券、何枚欲しい？」

二枚と答えたのは、クリコが念頭にあったためだ。宝の山で目がくらみ、カードを切ってしまわないための監視役がモエには必要だった。

翌々日には招待券が着いた。ムッちゃんの店の名刺も四枚入っている。名刺の意味は会場の受付で明らかになった。首から下げる透明プラスチックの名札に一枚、もう一枚は主催者側が取る。

この日のモエは、右の薬指に祖母の遺品の翡翠《ひすい》を付けていた。石の分かる人間であることを、何とかアピールしたかったのである。

しかし入場するなり圧倒された。二十六列のブースの連なりは、輝く石の住む町である。値札のついた竜宮城である。通路にはそれぞれ番号が振ってあり、ムッちゃんの店は三丁目の十九番地だった。

迷いながらたどり着くまでに、頭の中では目にしたばかりの大粒のダイヤとルビーとエメラルドが点滅していた。ごろごろ、という無頓着さで高額商品のガラスケースが並ぶ。値札には統一がなく、三〇、〇〇〇と書かれていても、通貨単位が円かドルか元か、判然としない。人の指には大き過ぎる石たちは、独自の存在感で、モエのレベルの物欲は弾き飛ばされてしまう。

「こんなの似合う人がいるのかしら」

「デヴィ夫人とか、叶《かのう》姉妹とか、美輪明宏とか」

マツコ・デラックスをモエは付け加えた。マツコの番組でパライバトルマリンが取り上げられればパライバに、エメラルドが取り上げられればエメラルドに、モエの気持ちは走った。そのことが少し恨めしくもある。

「よく来たネ」

ムッちゃんは一瞬笑顔を見せたが、すぐに見たこともない鋭い目つきになった。彼の店はエメラルドに特化していた。一番目立つケースには、ダイヤモンドの後光をまとった緑の立方体が冷たい光を放っている。百万円の隣が三百万円だった。

「なんでこんなに値段が違うんですか？」

三百万のほうは非加熱と言われてもピンとこない。このケースを開けて中身を見せてもらう勇気はモエにはない。クリコも黙って他所《よそ》を見ている。数十万円クラスは平積みのショーウィンドーの中で整列している。

「見る？」

ムッちゃんが気を利かせた。彼の差し出すリングを、モエは薬指に嵌《は》めようとした。サイズの合わないそれは、指の途中に止まったカワセミに見える。滴る緑は、より細く白い指に似合いそうだった。

「よかったら、今度ゆっくり見せてあげるヨ。他も見て来たら？」

宝石の町は「ジュエリーゾーン」や「ジェムストーンゾーン」などに区分けされている。モエとクリコがジュエリーからジェムストーンに流れて行ったのは、川が低きに流れるがごとく、値段の手頃なほうへと引きつけられたからだ。

それからのモエは、積極的に商品を試着し始めた。数万円のものは、クリコに言われて右手の翡翠と並べてみた。年代物の翡翠の横では、数万円は明らかに安っぽい。

萌える草のグリーンに黒みがかった翳《かげ》の差すトルマリンは十二万五千円だった。サイズはピッタリである。嵌めた指を眺めると、ギラギラと油のように輝いている。

モエの胸の底のオタマジャクシが震えた。彼女の瞳孔が半分開き、口元に淫蕩とも取れる微笑みが浮かんだ。

「どうかしら、これ？」

クリコはモエの袖を引き、悲しい目をして「いやいや」をして見せた。「また来ます」とモエはブースを離れた。それから幾つかのブースを廻ったが、どうしても先ほどのグリーンが頭を離れない。戻ってもう一度眺めるつもりになった。モエのあまりの執心にクリコも諦めて付いていった。

「どこだったっけ？」

「次の列だと思うけど」

二人はカゴの中のハムスターよろしく、縦と横の往復を繰り返した。広大な会場の中の一粒は、干草の山からピンを拾うよりも難しい、と思い知らされた。出展者が荷物をまとめ出した。二人は口の中が苦くなった。人が減り、蛍の光が流れ、会場が無機質な壁を晒すようになってモエはようやく諦めた。

自動販売機の茶で人心地を取り戻し、会議場の廊下を歩いているとアナウンスが流れた。

「出展品の搬出入は必ず三人以上で行い、何者かに声を掛けられても商品から絶対に目を離さないよう、厳重に管理して下さい。また不審な人物を目撃した場合は、お近くの警備員、もしくは事務局までご連絡くださいますようにお願いします」

さすが宝飾展はガードが固い、と感心して家に戻り、ネットニュースを見た二人は腰を抜かした。前日、会場から二億円のダイヤモンドが盗まれていた。十七時頃、客に見せたダイヤをケースに戻した店員が、施錠を忘れた。十八時、ダイヤの紛失に気づいた。

まずは、あの場で二億円のダイヤをケースから出させることのできる客に驚いた。そして同じ空間にアルセーヌ・ルパンも存在したと思うと、先ほどの時間が現実味を失って、夢の中をさまよっていた印象だけが残った。

7　佐倉徳次郎

赤いギンガムチェックのカーテンが、ベージュの壁に映えて、「女の部屋はいいなあ」と徳次郎は思う。

「旨い！」

彼は箸を付けるなり、せつ子の肉じゃがを絶賛した。

「亡くなった奥様にはとても敵わないですわ」

「うちの母親の味を思い出しましたよ。優しい味だ」

せつ子は頷《うなず》き上手だった。徳次郎は丁稚《でっち》時代の苦労を語った。おかずは沢庵が三切れで、熱々の飯をフゥフゥ吹いているうちに食べ損なう。食が進まないための熱々だった。

「世間はパワハラだ、モラハラだ、って騒いでますが、昔は毎日がそれですよ」

注がれた茶は適温で甘みがあり、徳次郎の心はさらにとろけた。気がつくと、言うつもりのなかった一回目の結婚について語っていた。

町内に十七歳年上の小金を貯めた未亡人がいて、人が間に入り、徳次郎は二十歳の春を彼女に捧げた。それで独立できたのだから「感謝しかない」が、夜が来るのが恐ろしかった。

「どちらが胸か腹か、区別が付かんのですよ」

せつ子は笑顔を崩さない。

「レデーの前で言うことじゃなかったですな」

五年後、肥満からの心臓病で最初の妻は倒れた。「あなたを残していくのが悔しい」が最後の言葉で、徳次郎は鳥肌が立った。四十九日を済ませるなり次を探した。遠縁におとなしい娘がいると聞いて見合いをし、ろくろく言葉も交わさずに嫁と決めた。二人目を家に迎えてからは商売が上向き、二人の子供も得て、これまた「感謝しかない」。

西向きの部屋が夕日で染まった。

「もうこんな時間ですか。楽しいとあっという間ですなぁ」

「息子さんが心配なさっているかもしれませんね」

「息子とは別居です。二世帯住宅を勧められたんだが、あの嫁の顔を毎日見たら胃が痛くなる。近くに部屋を借りましたよ」

「男手だと何かとご不自由でしょうね」

「男所帯に蛆《うじ》が湧くと言いますからなぁ」

「よかったらお掃除に伺いましょうか？」

「レデーに見せられる部屋じゃないですよ」

徳次郎の脳裏では、衣をまとった天女がゴミの山に降臨している。天女の顔はむろん、せつ子だ。

その日は握手をして別れた。女のマシュマロのような手に、唇を押し付けたい思いを徳次郎は必死でこらえた。

肉じゃがの次は肉欲、という早すぎる展開は、徳次郎の焦りであり、焦りの背後には人生の残り時間がある。彼はせつ子を温泉に誘った。断られる恐怖で血管が切れそうになったが、せつ子は一呼吸おいて「はい」と頷いた。

湯河原の湯はさっぱりと熱い。塗りの座敷机には先付け、刺身、煮物、天ぷらが並ぶ。一人用の鍋の蓋を開けると徳次郎の眼鏡が曇った。二人の頬はビールと日本酒で赤らんだ。

卓は片付けられ二枚の布団が敷かれて、せつ子はテレビを見ている。徳次郎は洗面台で外した入れ歯を洗っていた。ふと顔を上げると、鏡の彼の後ろに、いつの間にかせつ子が立っている。

「とんだところを、お見せしちゃって」

「私も、ですのよ」

開けた口に指を入れ、取り出してきたのはブリッジである。せつ子はそれを徳次郎の入れ歯の隣に置いた。

「並べると、お雛様みたい」

せつ子の言葉の何がどう作用したのか、徳次郎の中の男に火がついた。彼は彼女を抱きしめた。苦しい、と言われるまで抱いていると、下半身に若い頃の瑞々しい感覚が蘇ってきた。彼は女を引きずるようにして襖を閉めた。布団に投げ出された格好のせつ子は熱のこもった上目遣いで徳次郎を見つめた。

徳次郎が浴衣を脱いでいる間に、せつ子はポーチから乳液を取り出し、自分の秘所に塗った。その行為を徳次郎の目は見たが頭まで届かなかった。前戯に時間をかける習慣を彼は持たない。乳房を不器用に揉みしだいただけで、彼女の中に入っていった。

「ああ、ぴったりだ」

その言葉に呼応して、肉の襞《ひだ》が彼にまとわりつき、締め上げた。彼の意識が飛び、一匹の雄が本能のままに動いた。絶頂にはゾッとするような、くすぐられるような感覚が腰から脊髄を這い上がっていった。

体を離した後は、即座に眠りに入る徳次郎が、この日は違った。せつ子の腿を割り、白毛の混じる陰毛を掻き分け、唇を押し当て、自分のスペルマの匂いを吸い込んだ。

「観音様だ、弁天様だ、ありがたい」

せつ子は電灯を消したが、その目は爛々と輝いていた。

8　ムッちゃん再び

国際宝飾展の翌日、モエはムッちゃんに電話を入れた。彼に礼を言うことすら忘れて会場を後にしたことへの詫びである。

「今度ぜひコーヒーでも」

「今度じゃなくて、日、決めまショ」

週末の「えの木てい」の、若いカップルの中で、ムッちゃんとモエは明らかに浮いていた。コーヒーが来るのを待たずに、モエはムッちゃんに箱を差し出した。

「この店のチェリーサンド、美味しいんですよ」

「気を遣う、いらないのに。僕もいいもの、持ってきたヨ」

差し出したモエの左手薬指に、ムッちゃんはエメラルドの指輪を嵌めた。モエは事態を把握しかねて青ざめた。

「この前で、大体のサイズ分かっただだから。ピッタリだネ」

「あ、あ、あ」、言葉が続かない。

「プレゼント、言いたいところだけど、僕には無理ですネ」

輸入した石は全て商品であり、社長とはいえ勝手に扱うことはできない。せめて可能なのは値下げである。正札八十万のところを二十万、原価を切っている。

「この石、僕とモエさんの信頼の証《あかし》」

ムッちゃんは分厚い手でモエの左手を包み込んだ。予想外の成り行きにモエは赤くなったり青くなったりしている。

「すぐ決めなくてもいいヨ」

次に会うまで石は預けておく。

「だから、次、早く、デートしましョ」

その日以来、モエの様子が明らかにおかしい。問題のエメラルドを嵌めた左手を陽にかざしてはニヤニヤしている。二十万と聞いて焦ったのはクリコである。

「八十万が二十万って絶対おかしいって」

「あなたにはムッちゃんの真心が分からないのよ」

不毛な会話は切り上げて、クリコはモエが問題の指輪の入った宝石箱を箪笥《たんす》のセーターの間に仕舞っているのを確認した。モエの出勤を待って箱を取り出し、ハンカチに包んでトートバッグの底に収めた。

彼女が向かったのは元町の外れの宝石店である。モエが信頼を寄せる店主に、例の指輪を取り出して見せた。

「これは、幾らくらいのものですか」

「なかなかのものですよ。非加熱ではありませんが」

店主の説明は長く、クリコは上の空で頷いていた。

「で、幾らですか」

「うちなら二十万円で出します」

帰宅したモエにクリコは以上の経緯《いきさつ》をかいつまんで話した。

「ですってよ」

モエの頬を一粒の涙が伝った。電灯の下の涙を水晶のようだと思ったクリコは、その日、石の世界に半分足を踏み込んでいたのかもしれない。

9 徳次郎再び

結婚したい人がいる、と打ち明けられて徳次郎の長男は目を剝いた。

「反対です」

即答だった。自分の父親にモテる要素が皆無であると、息子が一番よく知っている。

「金目当てですよ」

「私はまだ相手の名前すら言うとらんのだぞ」

「じゃあ何というんですか」

「山岸せつ子さん。六十四歳だ」

「金目当てですね」

「人柄も知らずに何で決めてかかる？」

あなたがモテないからです、とはさすがの息子も口にできない。

「僕が恵子と結婚した時、あれだけ反対したじゃないですか」

「恵子は顔と性格が悪い」

「まだそんなことを。孫は可愛くないんですか」

「可愛いとも。二人ともお前似だ」

「せつ子って人は、さぞかし顔も性格もいいんでしょうね」

「その通りだ。私から三歩下がって歩く人だ。その上、恵子と違って料理がうまい」

「恵子のオムライスは最高ですよ」

「お前の舌は子供のままだ」

その日は決裂して終わった。息子は早速地方在住の妹に一件を報告した。

「お父さんの好きにさせてあげたら？」

「何、寝言を言ってるんだ。新しい母親に親父の財産を半分取られても構わないのか」

「じゃあ反対だわ」

「お前からも親父を説得してくれないか」

娘から徳次郎に電話が入った。

「天国のお母さんが可哀そう。せつ子さんもいい人なんでしょうけれど」

さすがの徳次郎も口ごもってしまった。

「これから子供を産むわけじゃなし、同棲でいいんじゃない？」

「私はそういう半端なことは嫌いだ。男としてけじめをつけたい」

「紙切れ一枚にこだわることないわよ」

「そういうお前は、私の老後を看る覚悟はあるのか？」

「うちの人はいつ東京に戻れるかわからないし。お兄さんがちゃんとするわよ」

「恵子にだけは世話になりたくない」

「今は高級ホテルみたいな老人ホームがいっぱいあるって」

「お前らは私の金を使うことしか考えておらん」

「せつ子さんだって同じなのよ。お父さん、目を覚まして」

「目を覚ますのはお前のほうだ」

徳次郎から電話を切った。

兄と妹が東京に揃った日曜日、徳次郎はせつ子を自宅に連れて行った。せつ子は薄化粧で、上品なグレーのツーピースだった。ぎこちない挨拶と当たり障りのない会話、そして気まずい沈黙。

「お父さんの目に狂いはないだろう？」

「よろしくお願いします」、せつ子は改めて頭を下げた。頭頂のあたりが薄くなっている、と長男は思った。

「うちの父の、どこがそんなにいいんですか？」

「男らしくて、頼もしい方です。ずっと付いていかせてください」

平然と言ってのけるのが、娘には空恐ろしかった。

「なぜ結婚にこだわられるの？　同棲ならいくらでもやってください」

「私はお二人のお母さんにはなれませんが、徳次郎さんの妻にはなれます」

「妻には遺産の半分が行きますからね」

「遺産だなんて」、せつ子の目から涙が一筋頬を伝った。

「貴様らはそこまで私の金が欲しいのか」

「欲しがってるのはそこの女性ですよ」

徳次郎はバネにはじかれたように立ち上がった。

「話にならん。帰るぞ」

せつ子は徳次郎からきっちり三歩下がって付いていった。

10 名誉教授

名誉教授と朋子の初デートは「コメダ珈琲」だった。

「私、喫茶店なんて何年ぶりかしら」

「僕はここでよく本を読むんですよ」

「難しいご本をお読みなんでしょうね」

「やはり専門が中心になりますが、推理小説も好きですよ」

専門は英文学だった。

「生きるべきか、死ぬべきか、でしたっけ」

「シェイクスピアはお好きですか」

「好きも嫌いも、読んだことがありませんの」

「今度本をお貸ししますよ」

彼はロイヤルシェイクスピア劇場の土産について話した。“To be or not to be”のパロディで“2B（トゥービー）OR NOT 2B”と印刷された鉛筆が存在する。ナプキンに書かれて初めて朋子は納得し、口元に手を添えて笑った。

「素敵な笑顔ですね」

「素敵だなんて、生まれてから八十年、言われたことがありませんよ」

幸せな会話の最後に、一枚の伝票が残った。名誉教授はきっちり半額分をその上に載せた。朋子は一瞬頭が白くなったが、理解して残りの半分を出した。生まれてから八十年、初ワリカンだった。

週に一回のコメダ珈琲は朋子の新しい習慣になった。温かいデニッシュの上にソフトクリームを載せた「シロノワール」は食べでがある。二人でシェアして、余ったさくらんぼは朋子が貰う。まさに甘い時間なのだが、最後のワリカンで夢から覚める。

朋子はモエに聞いてみた。

「ワリカンってお友達感覚なのかしら？」

モエは元の亭主を例に出した。モエのほうが高給取りで、ワリカンは当たり前。テーブルの下でモエが夫に札を渡す。夫はその札で支払い、店を出てから自分の分をモエに渡す。いずれにせよ、彼女のほうが何かと金を出していた。

「知らなかったわ。別れてよかったじゃないの」

女を作って出て行った夫が、たまにふらりと戻ってきてモエの手料理を要求すると知ったら、朋子はどんな顔をするだろうか。

「奢《おご》ってくれたら恋人の気分になれるけれど、ワリカンだと男の女友達って感じ」

「男の女友達、いいんじゃない？」

名誉教授への関心で、浪費癖がこのところ治まっているのは、モエにはありがたかった。

11 Just married

徳次郎とせつ子の新居には、例のギンガムチェックのカーテンが掛かった。四六時中顔を合わせていれば嫌なところの一つも見つかるはずが、せつ子の献身と笑顔には隙がなかった。せつ子が買い物で留守の間に、居間のテーブルの上に、徳次郎は一枚の紙を見つけた。鉛筆の字で「佐倉せつ子」という名前がびっしり書いてある。その話を後で聞かされた息子はゾッとしたが、徳次郎は「けなげな女」と受け取った。

翌日の朝、テーブルの上には婚姻届が載っていた。徳次郎のせつ子への答えである。二人で形ばかりの三々九度をして、記念の肉じゃがを食べた。

「お前にウエディングドレスを着せてやりたい」

徳次郎は近所にフォトウエディングの店を見つけてきた。スタジオの背景には沖縄の海と空を選んだ。白のタキシードは徳次郎の背中の丸みを強調した。せつ子のドレスのウエストは、背中のホックを一つ外してごまかした。

「お似合いですよ」

営業スマイルを浮かべつつも、店員は経帷子《きょうかたびら》のようだと思った。

結婚指輪は元町のスタージュエリーで、ハート形の「シェイプ・オブ・ラブ」を選んだ。十万単位で金が飛んで、最後の十万円はトチに払う成婚料だった。

12　マリアンヌの部屋

日曜日のフランス語会話で、クリコはマリアンヌにトチの新しい婚活商売について話した。モエとムッちゃんの経緯に、彼女は久しぶりの笑顔で応えた。

モエがコーヒーを淹《い》れてきた。マリアンヌはクリコと目配せをして、含み笑いをした。

「最近のトチさんは、キューピッドにおなりなのね」

モエは笑みを崩さずに頷いた。

「婚活パーティー、楽しそう。出てみたいわ」

「マリアンヌさんは美形だからおモテになりますよ」

冗談のつもりだったが、マリアンヌの瞳に火が灯った。

「わたくしはこの部屋で、女の方に囲まれて、外出といったら病院だけです。たまには男の方に囲まれてみたいわ」

「おじさんばっかりですよ」、言ってからモエは気が付いた。五十歳はマリアンヌからすれば四十歳年下になる。

ちょうどエリが部屋に入ってきた。

「ねえ、エリ。今お話ししていたのだけれど、わたくし、パーティーに出てみたいの」

モエから婚活パーティーのことを聞くと、エリの顔が曇った。

「ママン、悪い冗談はよしてちょうだい」

「お父さんが亡くなってから何年経つと思うの？　ずっとわたくしは孤独でした」

「私がいるじゃないの」

「本心ではわたくしを面倒臭がっているのは知っています」

「何、拗《す》ねてるの」

「お前の頭は仕事と男で、いつだって一杯だった」

「どれだけママンに気を使っているか」

「一緒に住んでくれないじゃないの」

「そればっかり。私には一人の部屋と時間が必要なのよ」

「育ててもらった恩も忘れて」

「産んでくださいと頼んだ覚えはないわ」

「お前もわたくしの歳になったら分かります」

モエが割って入った。

「次のパーティー、良かったら私がマリアンヌさんをお連れしますよ」

「母が、疲れてしまわないか心配で」

「私が様子を見ますから。それともエリさんも参加なさりたいとか」

エリはモエを睨んだ。モエは早速トチに連絡を入れ、マリアンヌ参加の承諾を得た。

「五千円の参加費だけでいいそうです」

話は決まった。夜、エリはいつもの角打《かくう》ちで憂さを晴らした。

13　カトレアの間、再び

その日は晴れて、それだけでもエリは胸を撫で下ろした。モエは車椅子ごと乗れる介護タクシーで、マリアンヌと会場に向かった。

会場の賑わいは相変わらずだが、車椅子の参加者を全員が意識していた。モエはマリアンヌの食べられそうなものを取り皿に盛ったが、彼女は緊張のせいか食欲がない。

自己紹介の時間になった。マリアンヌの番が来た。

「わたくしのような年寄りで、皆さん驚かれているでしょう。子供や孫のような年齢の方々に囲まれて、若さを頂戴しようと思って来ました。女の方ともお友達になりたいですが、やはり男の方が嬉しいかしら」

全員が拍手をした。

最後の一人にマイクが渡った。

「僕は女房に逃げられまして」

モエには聞き覚えのある声だった。まさかと顔を上げてみると目が合った。

「あなた！」

「お前どうしてここに」

「あなたこそ。ユカさんは、どうしたの」

「だから逃げられたんだってば」

モエは決然と立ち上がった。

「皆さん、私が中村健二をご紹介しましょう。この人は私の元夫です。ユカという女を作って家を出たんです。むろん離婚しました。その後も、ユカさんが留守の時はうちに夕食を食べに来ていました。私ってほんとお人好し。そういえば最近、来てないけど元気だった？」

元夫ですってよ。夕食食べに来るんだって。会場にヒソヒソ声が満ちた。トチがモエからマイクを奪った。「今そがぁな話をする時間じゃなかろうが」、モエの耳元で強く囁いた。

「元のご夫婦がこうしてお顔を合わせるなんて、やはり縁の神様はいらっしゃいますね。神様に可愛がられるようになって人間は一人前。せっかくの機会ですから、うんとたくさんご縁を貰ってくださいね」

トチ自身、自分が何を喋っているのか理解できなかったが、これで会場の空気が変わった。

フリートークの時間になると、マリアンヌの周りに人の輪ができた。

「日本語、お上手ですね」

「どちらのお国の方ですか」

初歩的な疑問にはモエがテキパキと返事を返した。そのモエに、女性たちから声が掛かる。

「ご苦労なさったのね」

「うちも不倫で離婚ですの」

「さっきは胸がすっとしました」

モエは慌てて会場を見回したが、健二の姿はすでに無かった。そのことに半分安心し、半分不満でもあった。

「ボンジュール、マダム」

一人の男性が車椅子の前に跪《ひざまず》いて、マリアンヌの手を取り唇を当てた。彼女の頬にさっと朱が差した。

「Monsieur?」

「困ったな、僕フランス語できないんです」

「マダムは日本語で大丈夫ですよ」とモエ。六十がらみの男性は細身で、若い頃の田村正和と似ている。のちにこの話を聞かされたクリコは「田村正和って誰?」と聞き返してモエを嘆息させるのだが、今は会場に戻る。

「僕は、初めてお会いした気がしないんですよ」

「わたくしも。お名前は何とおっしゃったかしら？」

男は名刺を渡した。高津宏、画家。

「わたくし、絵は大好きですの。亡くなった主人に画家のお友達がいました。お名前が、喉元まで出かかっているのですが。駄目ですね、この歳になると。高津さんはどんな絵をお描きになるの？」

「僕は抽象です」

「ピカソとか？」

「ピカソは半具象ですね」

「モンドリアンとか？」

「フォンタナに似ていると言われます」

「わからないわ」

高津はスマホで検索して見せた。モエがマリアンヌに眼鏡を差し出した。

「キャンバスに色が塗ってあるだけに見えますが」

「赤の面に黒の線が走っているんですよ。その簡潔さが僕は好きです。ちなみに僕の絵はこれです」

「綺麗な青だこと」

「フォンタナに比べれば饒舌すぎますが」

モエが覗き込んでいる。

「マダムのお部屋の壁が、こんな色なんです」

高津は怪訝《けげん》な顔をした。

「日本のお宅じゃ珍しいですよね。でも綺麗ですよ。一度お遊びにいらしたら?」

モエはマリアンヌの瞳が光るのを見逃さなかった。

「ねえマダム、是非来て頂きましょう?　お忙しいんですか?」

高津の口元が歪んだ。

「貧乏絵描きは暇を持て余しています。無駄にプライドが高い、と妹に言われます。妹はやり手でしてね、上場企業の部長になりました。僕をひなげし会に無理やり入れたのは妹なんです」

「なるほど」とモエ。「こういう会で芸術家さんは珍しいですものね」

「でも来て良かったです。マリアンヌさんにお会いできて」

モエと高津で勝手に訪問の日時を決めているのを、マリアンヌはうっとりと眺めていた。

14　中村健二

モエとクリコの食卓にはトンカツが載っている。ムッちゃんとの一件以来、モエは生姜焼きとトンカツを繰り返している。

こんな時間のピンポンは、もしや、と玄関を開けると中村健二が立っていた。「これ」と差し出した花束が仏花であることを健二は知らない。なぜ一本でいいから薔薇を持って来られないのかとモエは内心舌打ちをした。

健二は当然の顔で食卓の前に座った。クリコが箸を持ってきた。卓上のトンカツソースを見て、彼が呟《つぶや》いた。

「僕、ウスターのほうが好きなんだよね」

モエはいまいましげな顔をしたが、立って冷蔵庫から取ってきた。

「やっぱりお前の料理が一番だよ」

「来る前に電話を入れて頂戴」

「電話したら断られるに決まってるじゃないか」

「分かってやってるのね」

クリコが箸を止めた。

「結局二人、仲良しじゃん」

モエも箸を止めた。

「あなた、よくひなげし会に入るお金があったわね」

「別れる代わりにユカから少し貰ったんだ」

「いい人が見つかるといいわね」

「お前に全部バラされたから、会で僕の未来はない」

「違う会に移ればいいじゃない」

「そこまでの金はないよ」

やがて健二の来訪がモエの生活に組み込まれていく。クリコはようやく内定が出て、来年の四月には郷里に戻る。健二が納まるスペースはできるわけだ。そうは問屋が卸さない、とモエは思い続けることが出来るだろうか。

15　佐倉せつ子

遠くはない未来のひなげし会で、トチは入会希望者に「佐倉せつ子」の名前を見つけて、眉をひそめた。

面会の日、せつ子は「お久しぶり」とトチに頭を下げた。薄かった頭頂部にはウィッグが載っている。

「田中さん、じゃったかね。ほんで山岸さんで、佐倉さん。名前をようけ変えてじゃね」

「恐れ入ります」

「ウチのシマ、これ以上荒らさんとき」

せつ子は上目遣いでトチを睨んでから、菩薩の笑顔に戻り、礼を一つして去った。

16　マリアンヌの部屋

高津宏が訪れる日曜日の午後、マリアンヌの部屋は華やいでいた。実際に花が飾られていたこともあるが、モエ、クリコ、エリに到るまでどこか浮き足立っていた。マリアンヌはすでに車椅子に移り、ひざ掛けの房をいじっている。

チャイムが鳴った。高津はベージュのコーデュロイで、薔薇の花束を抱えていた。受け取ったマリアンヌは、その弱い肺で吸えるだけ香りを吸い込んだ。

「わたくしには、一番のご馳走です」

高津は壁を凝視している。天井の天使像が彼に確信を与えた。

「お父さん！」

全員の視線が高津に集まった。

「これはお父さんの青だ。間違いない」

彼は高津禅という名前を出したが、マリアンヌは小首を傾げている。

「思い出してください。ああ、何からお話しすればいいのでしょう」

彼の記憶の原点には、公園の芝生があり、日傘を差した夏服の女性がいる。歩き始めたばかりの少女が、母親の裾を摑《つか》んでいる。

「エリちゃん、だよね。大きくなったたなぁ」

見知らぬ男に名前を言い当てられたエリは、何とも言えない顔をした。

古い洋画の愛好家なら、高津禅の名前は知っている。どこの美術団体にも所属せず、孤高の画家と呼ばれた。代表作は「日傘の女」で、空の青が画面の半分近くを占めている。高津ブルーと呼ばれた青が、女の白い横顔をいっそう際立たせている。

「そのモデルがあなたなんです。父はあなたのことをいつもマシェリと呼んでいました」

「Ma chérie?」

マリアンヌの顔が急に引き締まって、瞳に力が宿った。全員が固唾《かたず》を飲んで彼女の言葉を待っていた。

「あなたが宏ちゃん？　大きくなったわね」

「大きいどころじゃないですよ。こんな白髪頭で」

高津は跪いてマリアンヌの手を取り、再びその唇を押し当てた。見上げる背の高さだったマシェリが、今は抱きしめれば両手に収まりそうだった。

「もう半世紀以上経ってるんですね。マシェリのおかげで、僕は背の高い女性ばかり好きになる」

「お父様のハンサムに、よく似ていらっしゃいますこと。たくさん女の人を泣かせてきたのでしょう」

「最終的に泣くのはいつだって僕でした。父の貧乏を受け継ぎましたから」

「亡くなった鈴木は、お父様のことを本当に好きでした。自分が無趣味なサラリーマンだから、芸術的なものには畏怖の念を抱いていたようです」

「実業の才がない親父にとっても、鈴木さんは頼もしい友でした」

「ところで」とクリコが割って入った。

「マシェリは恋人を呼ぶときの表現じゃないんですか？」

高津は無邪気な笑顔になった。

「若い父はパリが長かったんです。鈴木さんの前で、父はマリアンヌさんの手を取って、マシェリと呼んでキスをしました。鈴木さんも笑っていたし、皆の気に入る冗談だったんです」

「禅さんは、ご健在？」

「とっくに亡くなりました。当時としても若死にでしたね」

「お可哀想に」

涙が一粒、皺《しわ》に沿って流れた。

「いえいえ、父はまだ生きていますよ。この部屋の壁も天井も父ですからね」

「色を決めるのも、禅さんと二人でしました。そんな大事なことを、今の今まで忘れていただなんて」

「思い出していただけただけで幸いです」

高津はマリアンヌの額に軽く唇を触れた。

17　マリアンヌの部屋

高津宏の来訪以来、マリアンヌの頭の霧が晴れたようだった。

「エリちゃん、あなた二階の階段から落ちたことがあったわね。それでも手にしたアイスキャンディーを離さなかった。食いしん坊さん」

五十年以上前が蘇って、マリアンヌの今と混ざり合う。

「天井に天使がいるでしょう？　一人はわたくし、もう一人は禅さんに似ているの」

「禅さんはマダムがお好きだったんですね」

モエに問われて、マリアンヌは寂しく微笑んだ。なぜ高津禅は自分の暮らしから消えてしまったのだろう。記憶のその部分は白いキャンバスで、考える努力は軽い眩暈《めまい》をもたらした。

「そうだわ！」

予想外の声に、モエとエリは顔を見合わせた。

「うちにあるはずですよ。禅さんの大作が」

二百号は画家本人の自宅では幅を取り過ぎ、鈴木家がスペースを提供したのである。

「仕舞ったままですよ。申し訳ないことをしました。傷《いた》んでなければ良いのですが」

年寄りはこうと決めると待ったが掛けられない。今すぐに探せとマリアンヌは迫った。

エリは明らかに困惑していた。奥の間が今では実質上の物置で、伏魔殿と化している。モエにも入室を禁止していたが、その彼女の協力が必要となる。

スカートにエプロン姿で部屋に入ろうとするモエを、エリが押しとどめ、モエの分のジャージと軍手を差し出した。
二、三度悲鳴が上がったのは、ムカデだろうか。それとも干からびたゴキブリか。縦二メートル、横二・五メートルはあろうかというキャンバスの重みによろけながら、二人は戻ってきた。頭や肩の白いゴミは蜘蛛の巣の残骸であるらしかった。
マリアンヌのベッドと向き合う形で絵は置かれた。壁のほとんどが塞がっている。今度の青は海のそれだった。海底に珊瑚の花が咲いているのを、人魚が物憂げな瞳で眺めている。トルコブルーや黄やピンクの魚たちの乱舞は、南の海を思わせる。

「この人魚、マリアンヌさんにそっくり」

「わたくしがモデルに座っていました。長い長い時間」

「お脱ぎになったんですか？」

「まさか。そこは禅さんのイマジネーションですよ」

仕上がった絵の裸婦が妻そっくりとあっては、おおらかな鈴木氏も、穏やかではなかったはずだ。力作は、両家の縁が薄れていく分水嶺となった。

「変ですね。昔はもっと明るい色でしたよ」

「五十年も置けば変色するわよ」

言いつつエリは、絵を侵食するヒビがマリアンヌの目では確認できないことにホッとしていた。

高津宏に連絡を入れると、すぐに飛んで来た。

「これは『海の見る夢』ですね。題名だけ残っていて、幻の作品と言われていたんです」

確かに絵の裏側の桟の部分には、画家の自筆で「海の見る夢」とある。

「近代美術館に連絡しないと」

現在、禅の作品は二点収蔵されているが、新しい発見があれば知らせて欲しいと言われていた。

18　修復研究所

実物を見た美術館員は、ヒビの他にカビと汚れを指摘した。後日、美術館から、修復済みの作品なら喜んで受け入れる旨、返事が来た。厳重に梱包された作品は、美術館が紹介した「修復研究所」に運ばれて行った。絵と一緒にトラックに乗ったのはエリである。

東京の下町の狭い道を何度も折れて、トラックは停まった。元乾物屋の居抜きが「研究所」になっている。物静かな細面が所長だった。二十代後半か五十代か、判然としない浮世離れした人物である。

「まず見積もりを立てます。送付先は高津さんですか、それとも鈴木さん？」

少し考えてから「うちにして下さい」とエリは答えた。静物の小品を修復中の所員がいる。林檎の部分に細い筆を置き、微かに動かしている。その背中から発する何かが、エリの乾いた心に沁みて行った。ようやく居心地の良い場所を見つけた、とエリは思った。

持てる技術の全てを筆に捧げても、自分の作品になるわけではない。不在の作者に寄り添って、原状を回復するのみである。その清々《すがすが》しさは、エリに無縁なものではない。うちは「マリアンヌ修復研究所」かもしれない、とエリは思う。

「高津禅の絵を修復しているところ、見てみたいです。でもお邪魔ですよね」

「大丈夫ですよ、いつでも来てください」

所長の笑顔に嘘はなさそうだった。甘えて何度か足を運んだ。やがて送られてきた見積もりに、エリは貧血を起こしそうになるのだが、それはまた別の話。

19　マリアンヌの部屋

修復が済んだ「海の見る夢」は、美術館に運ばれる前に、マリアンヌの部屋の壁を飾る。クリコの発案で、「お披露目会」をすることになった。

シャンパンと言いたいところだが、修復で大枚はたいたエリは辛口のカヴァを用意した。母のためにはシャンメリー。

「わたくしだって、本物を頂きたいわ」

結局マリアンヌは、グラスのカヴァを舐めている。グラスが手に重ると見て取ると、高津宏はそっと取り上げた。

「わたくしのカヴァを返して頂戴」

「マシェリが良い子にしていたら、返してあげますよ」

トチとリチャードが到着した。遅れてきたミッキーはケーキの箱を下げている。早速エリが人数分に切り分け、モエが皿を、クリコがフォークを用意した。

「乾杯しましょう」とクリコ。

皆が顔を見合わせている。

「乾杯の挨拶は年長者でないと」、高津がグラスをマリアンヌの手に戻した。

「わたくしがお婆さんだと言いたいのね？　それは本当だから仕方がありません。高津禅の絵が修復を済ませて、青が一層深くなりました。天国の彼は喜んでいます。人魚も若返りましたが、モデルのほうはシワシワのポンコツです。ポンコツでも生きていられるのは皆さんのおかげです。感謝の盃を捧げます」

「乾杯！」「À votre santé!」「Cheers!」

打ち合わされたグラスが、午後の光にきらめき、中の液体は微細な泡を吐き、泡は軽く喉を刺激しながら、胃の洞窟に消えていった。それぞれの胃には、それぞれの寿命が刻まれている。絵の人魚も、いったんは蘇ったが、永遠に生き続けるわけにはいかない。マリアンヌの部屋は、その時、暗黒の宇宙に浮かぶ一つの泡だった。

主な参考文献

『エプタメロン――ナヴァール王妃の七日物語』 マルグリート・ダングレーム著、平野威馬雄訳、ちくま文庫、一九九五年。

『雲根志』 木内石亭著、今井功訳注解説、築地書館、一九六九年。

『鉱物 人と文化をめぐる物語』 堀秀道著、ちくま学芸文庫、二〇一七年。

『図説 宝石と鉱物の文化誌――伝説・迷信・象徴』 ジョージ・フレデリック・クンツ著、鏡リュウジ監訳、原書房、二〇一一年。

『ジュエリーの世界史』 山口遼著、新潮文庫、二〇一六年。

『第三の書 ガルガンチュアとパンタグリュエル〈3〉』 フランソワ・ラブレー著、宮下志朗訳、ちくま文庫、二〇〇七年。

『安楽死で死なせて下さい』 橋田壽賀子著、文春新書、二〇一七年。

『ディグニタスの活動：その営為の哲学的基礎（上）』 ディグニタス著、柴嵜雅子訳、『国際研究論叢：大阪国際大学紀要』二十四巻二号、二〇一一年、二五一―二六四頁。

『安楽死を遂げるまで』 宮下洋一著、小学館、二〇一七年。

『老年について 友情について』 キケロー著、大西英文訳、講談社学術文庫、二〇一九年。

『ロンサール詩集 改訳版』 ロンサール著、井上究一郎訳、岩波文庫、一九七四年。

初出誌　「小説トリッパー」二〇一八年秋季号から二〇一九年冬季号まで『老婦人マリアンヌ鈴木の部屋』として連載。書籍化にあたって、加筆修正しました。

荻野アンナ（おぎの・あんな）

一九五六年横浜市生まれ。作家。慶應義塾大学文学部教授。フランス政府給費留学生としてパリ第四大学に留学し、ラブレーを研究、一九八六年ソルボンヌ大学博士号取得。

一九九一年『背負い水』（九四年　文春文庫）で芥川賞、二〇〇二年『ホラ吹きアンリの冒険』（文藝春秋）で読売文学賞受賞。二〇〇七年フランス教育功労賞シュヴァリエ叙勲。二〇〇八年『蟹と彼と私』（集英社）で伊藤整文学賞受賞。

二〇〇五年十一代目金原亭馬生師匠に弟子入り、金原亭駒ん奈を名乗る。

他の作品に、『アイ・ラブ安吾』（一九九二年、九五年、朝日文芸文庫）、『名探偵マリリン』（一九九五年、九八年、朝日文庫）、『ラブレーで元気になる』（二〇〇五年、みすず書房）、『働くアンナの一人っ子介護』（二〇〇九年、グラフ社）、『殴る女』（二〇〇九年、集英社）、『カシス川』（二〇一七年、文藝春秋）ほか。甲野善紀との共著に『古武術で毎日がラクラク！』（二〇〇六年、祥伝社黄金文庫）。

老婦人《ろうふじん》マリアンヌ鈴木《すずき》の部屋《へや》

二〇二一年二月二八日　第一刷発行

著　者　荻野《おぎの》アンナ
発行者　三宮博信
発行所　朝日新聞出版
〒一〇四-八〇一一　東京都中央区築地五-三-二
電話　〇三-五五四一-八八三二（編集）
〇三-五五四〇-七七九三（販売）

印刷製本　中央精版印刷株式会社

ISBN978-4-02-251745-6
定価はカバーに表示してあります
落丁・乱丁の場合は弊社業務部（電話〇三—五五四〇—七八〇〇）へご連絡ください。
送料弊社負担にてお取り替えいたします。